To THE STATE of FLORIDA

VERA

Ediciones Aguamiel

Miami, FL

23 Relaciones imperfectas. Antología de autores hispanos en los Estados Unidos
Editado por: Hernán Vera Álvarez
Publicado en Miami, Florida. En octubre de 2023
Primera Edición
Serie "Narrativa Breve" - #4

El contenido de este libro es propiedad de sus autores.

Coordinación editorial y diseño: Alicia Monsalve.
Corrección de textos: Liana Fornier de Serres.
Corrección de pruebas: Itsia Vanegas.

Ilustraciones (Collages): Mila Hajjar.
Fotos de Hernán Vera Álvarez: Maj Lindström.
Fotos de Eduardo Rubin y Emilia Anguita: Nancy Mejías.
Foto Claudia Prengler Starosta: Doris Hausmann Kogut.
Foto Vanessa Arias Ruiz: Daniel Torobekov.
Otras fotografías interiores: cortesía de los autores.
Fotografía del podcast "Historias de la tribu": cortesía de sus productores.

Publicado por: Ediciones Aguamiel | Bukkio

ISBN: 979-8-9870034-2-8

Ediciones Aguamiel, Miami, FL
Dirige: Alicia Monsalve
Tel./Phone: (323)496-7573
E-mail: edicionesaguamiel@gmail.com
Facebook: www.facebook.com/EdicionesAguamiel
X: @EdicAguamiel - IG: @EdicionesAguamiel

edicionesaguamiel.com

23
Relaciones
imperfectas

Antología de escritores hispanos en los Estados Unidos

Taller de Escritura Creativa

Coordinado por Hernán Vera Álvarez

Narrativa Breve

"¿Cómo podía imaginar un amor al que
el sol no ilumina y que fluye de ningún
sitio a ningún sitio, profundamente hun-
dido en la tierra, como una corriente
subterránea?"

—Yasushi Inoué

Agradecimientos:

A las autoridades del Centro Cultural Español en Miami, Adriana Barraza Acting Studio, Con-
sulado Argentino en Miami y a Juliana Hecker por el apoyo incondicional al taller. A Flora Pro-
verbio, Valeria Correa Fiz, Sonia Budassi, Anjanette Delgado, Pedro Medina León, Camilo Pino,
Carlos Chernov y Gastón Virkel. Y al resto de los escritores que también han participado jueves
a jueves de las clases, dando su fuego creativo.

Índice

***

La fórmula del amor

Los años arrasan con muchas cosas pero las historias de amor siguen inalterables. Tal vez exista una necesidad íntima de creer como lo hacemos ante el mago que encierra a la asistente (siempre es una mujer) en el cajón de madera y comienza a serruchar: no hay dolor, solo un final feliz.

El amor, como el arte, tiene mucho de ilusionismo. Cuando conocemos a alguien preferimos no leer la letra chica de ese contrato tácito que siempre se establece en cada nueva relación. Luego de la ruptura y el consabido duelo, volvemos a creer. En literatura, Coleridge habló de la suspensión de la incredulidad.

Las historias de esta antología enriquecen desde diferentes perspectivas el tema.

Cada jueves los escritores que concurren al taller leían sus relatos. Muchas noches, debo confesar, la tristeza ganó su partida. Otras, la sorpresa, otras la dicha, siempre el disfrute de sentir el fuego de la literatura.

Quizá el poder imperfecto del amor sea lo prodigioso.

Vera
Ciudad de México, Mayo, 2023

[Mila Hajjar]

Mila Hajjar es arquitecta, artista plástica y escritora. Nació en Roma, Italia, se crió en Venezuela y en la actualidad vive en Miami.

Ganó el primer lugar en el concurso "Cuentomanía" (2015) y en el de "Cuéntale tu cuento a La Nota Latina" (2020). En ese certamen había obtenido anteriormente el segundo lugar y una mención de honor.

En 2019 publicó su primera novela, *Mukimono*, que obtuvo el primer lugar en el International Latino Book Awards como mejor novela de misterio.

Es autora de los libros infantiles *Mamá y Pupa* y *Cambios*, también llevados al teatro. Sus cuentos han sido incluidos en antologías como *La mancha mínima* (2016), *Todos contamos* (2016), *Historias que cuentan* (2018), *Cuentos que son una nota* (2019), *Relatos Hispanos* (2020), *Vacaciones sin hotel* (2021), *A la brevedad posible* (2023).

IG: @Mila_Tapperi_Hajjar
FB: Mila Tapperi Hajjar
Web: www.milahajjar.com

El hospital de las muñecas

—**Escribe lo que quieras** —**me dijo el director.** Es mi primer artículo en La Nación y quiero tocar un tema especial, por eso escogí el "Hospital de las muñecas", porque para mí es un misterio.

***

Cuando era pequeña pasaba frente a la antigua tienda con terror. No podía esquivarla, estaba en la misma calle del edificio donde vivíamos.

En la vitrina se adosaban cabezas de muñecas, piernas, brazos implorantes (o al menos a mí me lo parecían) que se mezclaban con estatuillas de santos llenas de polvo. Desde la calle podía entreverse el fondo de la tienda donde colgaban del techo cuerpos de todos los tamaños. Trataba de no verlos, de mirar derecho cuando pasaba por el frente, pero una fuerza inexplicable volteaba mi cara. El lugar me daba miedo y me atraía al mismo tiempo. En ocasiones soñé estar atrapada dentro del escaparate, hundida entre esas mutilaciones. Me despertaba siempre un grito que solo yo podía escuchar.

Mis pechos crecieron, mis caderas se ensancharon y mi cara se salpicó de granos. La vitrina, en cambio, seguía inmutable, con más polvo quizás. Nunca vi al dueño ni a nadie entrar o salir por la puerta. Cuando en la noche regresaba tarde de las fiestas, la luz seguía encendida. Me costaba pensar que alguien estuviese reparando muñecas a esa hora y llegué a la conclusión de que había algún negocio turbio detrás de esa fachada, un despacho de droga, una sociedad secreta…

Cuando fui a la universidad casi llegué a entrar. Llevaba en una bolsa las muñecas con las que había jugado de niña, las favoritas que no fueron a parar en casa de las primas más pequeñas o en el basurero. Quería donarlas para que sirvieran de repuestos, pero algo extraño me sucedió al llegar a la puerta. Me imaginé las cabezas de mis muñecas sumadas a las otras de la vitrina. Regresé a casa y las volví a colocar en la repisa del cuarto.

***

Por primera vez, hoy toco el vidrio de la puerta. La madera alrededor está cuarteada y tiene el barniz desconchado. Entro despacio, en silencio, como si penetrara en un camino oculto o en un secreto bien guardado. Una luz tenue deja halos dorados sobre las superficies. Siguen colgados del techo los cuerpos que me estremecían. Algunos tienen piernas, otros solamente el torso. Ninguno posee sexo.

Las paredes parecen ordenadas por secciones. En una están las repisas de los brazos y piernas, en otra la de las cabezas. Algunas de ellas no tienen ojos, solo un hueco negro que inquieta.

En la pared de enfrente se encuentran los santos, un paraíso inmóvil de maderas talladas. Al lado, los títeres con armaduras de hojalata y capas de raso. Una mesa ocupa gran parte del fondo, sobre ella hay herramientas de todo tipo, colas, botellas, cajas de lata. Huele a cera y, sin embargo, no veo ninguna vela, quizás sea la sugestión por tanto santo.

Digo un "buenos días" en tono alto, esperando que alguien aparezca. Un hombre pequeño, casi encogido, baja por la escalera. Tiene el color del polvo de sus vitrinas, una mezcla entre crema, ocre y gris claro. Le da un aire de pertenencia a este lugar, de mimetismo. Los ojos son claros, casi transparentes. Es delgado, como hecho de ángulos y rectas. No tiene una edad definida, puede tener cuarenta o cincuenta años. Le digo mi nombre.

—Te conozco —me dice—. Eres la hija de Ana.

Me enderezo, frunzo el ceño. Por unos segundos mi mente queda en blanco, procesando sus palabras. ¿Cómo conoce a mi madre? ¿Cómo sabe quién soy?

Me pregunta en qué puede ayudarme. Su voz es ligeramente ronca, nasal. Quiero decirle lo de la entrevista, pero la curiosidad de cómo conoce a mi madre no me deja quieta, no puedo preguntarle a ella, ya no está.

Quizás por eso me he quedado sin palabras, me duele cuando la nombran, me duele en lo profundo, casi en el vientre. Se fue hace pocos meses, tomó el vuelo hacia un paraíso sin santos. Cuando era pequeña rezaba mucho para que mi padre nos quisiera: trece monedas al san Antonio de la sala, rosas rojas a santa Rita, espigas al san Judas Tadeo del cuarto. Fue evidente que los santos no la escucharon. Mi padre se fue un día para no volver. Mi madre hizo desaparecer de la casa las estatuillas de los santos.

—De niña me daba miedo entrar aquí —le digo sin darme cuenta. Me sonríe y su piel de pronto cambia de color, se vuelve luminosa.

—A muchos niños les da miedo.

Si lo sabe, ¿por qué no cambia la vitrina?, quiero decirle, pero suena a regaño. Necesito hacerle una buena entrevista y tomar fotos del espacio, así que evito comentarios que pudieran indisponerlo.

—¿Vive aquí? —le pregunto, en cambio, indicando la escalera por donde bajó.

—No. —responde— Arriba está el cementerio.

—¿Tiene un cementerio de muñecas? —Más que una pregunta es una exclamación. No imagino mayor cementerio del que está aquí abajo.

—Arriba está el cementerio de las cosas que duelen.

—¿Las cosas que duelen?

—Sí, objetos que tienen un valor especial para las personas, pero que ahora causan dolor. Recuerdan a alguien que ya no está, por ejemplo, o que las hizo sufrir. Aman al objeto y no quieren deshacerse de él, entonces me lo traen y yo lo dejo arriba. Pueden venir a verlo, si quieren. En algunos casos, cambian las situaciones, entonces vienen a recuperarlos.

Sus palabras tienen sabor a dolor ajeno, él lo sabe y usa un tono dulce, una mirada piadosa. Ya no me parece tan angular su cara.

—Quisiera verlo —se lo digo de corazón, emocionada.

—Sígame.

***

La escalera nos lleva a un cuarto iluminado por una ventana de fondo. Hay todo tipo de objetos: estatuas de enamorados, platos de aniversario de bodas, copas de cristal, bomboneras, un cofre con anillos, fotografías enmarcadas, ropa de bebé, pelotas, una bicicleta pequeña, una cuna, una mecedora…

—Todo está tan limpio —digo, pues me sorprende el contraste con el espacio de abajo.

—Es la única condición que pongo —me explica—. Que vengan a quitar el polvo.

Sigo mirando incrédula cada objeto hasta toparme con una fotografía de mi padre. Miro sorprendida al dueño.

—¿La trajo mi madre? —pregunto con lágrimas en los ojos.

Él asiente.

—¿Hay más cosas?

—Muchas.

No logro inventar una excusa para irme de ahí lo más pronto posible. Sin decir palabra, me volteo y bajo por la escalera con la imagen de la foto que retumba en mi mente. El dueño se ha quedado arriba, no necesita explicaciones. Camino hacia la puerta, despacio, ligeramente mareada. Antes de salir, reconozco, entre la pared de los santos, al san Antonio, al san Judas Tadeo y a la santa Rita que estaban en casa.

[Mariluz Durazo]

Nació y creció en Ciudad de México. Estudió la carrera de Ciencias de la Comunicación Social. Trabajó en varias agencias de publicidad escribiendo comerciales. En 1985 emigró a California, donde vivió nueve años dedicada a hacer publicidad para el mercado hispano de los Estados Unidos. En 1993 se trasladó a Miami y continuó creando campañas publicitarias para el mercado latino. En 2013 abandonó los comerciales para escribir narrativa. En 2014 publicó la colección de cuentos *Reflejos* y en 2022 *Sorbos de vida*. Actualmente está trabajando en una novela corta, también es creadora y presentadora del *podcast Todo depende*.

IG: @mariluz.durazo
    @tododependepodcast

Decisiones

Se sentó y colgó su bolsa en el brazo de la silla. El salón estaba repleto de mujeres de todas las edades que hablaban y reían al mismo tiempo. El bullicio aumentaba su ansiedad. Sacudió la cabeza con el pelo mojado y se observó con atención en el espejo. Estaba muy pálida y unas ojeras violáceas enmarcaban sus ojos oscuros. Detrás de su imagen apareció Ángelo, con camisa de seda color durazno. Le puso una mano en el hombro y mirándola a los ojos a través del espejo, saludó enarcando las cejas.

—¡Ay niña! ¡Pero qué cara traes! ¿Te sientes bien? Para ser el día de tu boda te ves fatal.

—Deben ser los nervios —contestó Fabiola fingiendo una sonrisa y pensando para sus adentros: «Si supieras que no dormí en toda la noche y vomité dos veces en la mañana, dirías que no me veo tan mal».

—¿Te peino como el día de la prueba? —inquirió Ángelo mientras le desenredaba el cabello con un gesto profesional.

—¡No! Hazme algo diferente, lo que tú quieras —respondió ella con tono de indiferencia.

—¡Ay, Fabiola! ¡Qué honor que me des libertad total para peinarte el día de tu boda! —exclamó Ángelo entusiasmado y llevándose las manos al pecho.

Pero a ella en ese momento lo que menos le importaba era el peinado. Su mente se concentraba en el día anterior, cuando estaba en casa de sus padres con Omar, conversando con su madre los últimos detalles sobre los músicos de la boda. Sonó su celular. Al ver el numero telefónico sintió cañonazos en el corazón.

—Ahora regreso, voy a tomar esta llamada —dijo disimulando mientras corría a la habitación continua.

—¡Santiago! —susurró alarmada.

—¡Estoy helado! ¡Me acabo de enterar de que te casas mañana!

La joven sintió que le faltaba el aire al escuchar la voz rota de Santiago. Fijó la vista en los diplomas médicos de su padre colgados en la pared, buscando fuerzas para mantener la calma.

—Sí, Santiago, pero no sé por qué te asombra tanto, yo te dije la última vez que nos vimos que me iba a casar.

—Pero yo no te creí. La noticia me petrificó el alma. Me duele muchísimo.

Ella caminaba de un lado a otro del cuarto. Se llevó la mano a la frente.

—¿Entonces por qué cuando yo te rogué que volvieras conmigo, me dijiste que no querías saber nada de mí?

El tono de Santiago se tornó lastimero.

—¿Y qué querías? ¿Qué después de que me pusiste los cuernos te recibiera con los brazos abiertos? Estaba muy dolido, Fabiola.

Ella susurraba a gritos mientras escuchaba al otro lado la voz de Omar.

—Yo no te puse los cuernos y no es el momento para discutir eso. ¡Me caso mañana Santiago! Lo único que puedo hacer es despedirme y desearte que seas muy feliz.

La voz de Santiago se volvió tierna.

—Fabiola, yo sigo enamorado de ti.

Ella tuvo que sentarse, sintió una tormenta de emociones dentro de sí y un nudo en la garganta que no la dejaba hablar. En ese momento entró Omar al cuarto haciéndole señas con la mano, como si se llevara la cuchara a la boca, porque se tenían que ir a cenar. Fabiola tapó la bocina del celular, se llevó un dedo a la comisura de los labios y le dijo:

—Ya voy, dame un minuto.

Fabiola buscó fuerzas para, antes de cortar la comunicación, poder decir con voz temblorosa:

—Perdóname, pero… me tengo que ir, tengo que colgar.

***

—Discúlpame, Fabiola —de pronto la voz de Ángelo la sacó de sus pensamientos—, pero necesito que te pongas de pie para que veas cómo quedó el peinado por atrás, antes de que te ponga el fijador.

La joven se levantó para ver la parte trasera del peinado en el espejo doble.

—Está bien —balbuceó, haciendo un esfuerzo por sonreír.

—¿Cómo que está bien? —dijo el peinador con un gesto teatral—. Quedó so-ña-do. Pasa a la silla de manicure con Elena por favor. ¿Quieres un café?

—No gracias, Ángelo. Todo lo que tomo o como, me cae mal —contestó Fabiola en tono de queja y llevándose una mano al vientre.

—Lo que tú necesitas es una pastillita vale madres —recomendó Ángelo. Y besándola en ambas mejillas agregó—: Estás muy nerviosa.

¡Claro que estaba muy nerviosa! No podía dejar de mirar su celular con el número de Santiago, ni de imaginarse qué pasaría si le llamara en ese momento. Seguro él estaría muy deprimido pensando que la había perdido para siempre. Ella le diría que nunca lo había dejado de amar y, para no desaprovechar la planeación y los gastos que habían hecho sus padres, le propondría que se casaran esa misma noche. ¡Al diablo con todo! Era una locura, pero convencerían a los padres. Seguramente Santiago accedería con gusto, poniendo como condición que se casaran por la Iglesia más adelante. Su papá, que era patólogo, podría tener listos en un par de horas los análisis de sangre, y con una buena propina convencerían al juez de sustituir el nombre del novio en las actas de matrimonio. Además, cambiar de yerno haría muy feliz a su madre.

—Fabiola, ¿qué color de barniz de uñas quieres? —consultó la manicurista señalando la gran variedad de barnices de colores que tenía alineados sobre el mostrador.

—El que sea, Elena, uno discreto —dijo Fabiola mirando de reojo.

—Este es bonito para novia —dijo la chica eligiendo uno gris claro, casi blanco.

—Ese está bien.

***

Mientras Fabiola metía las uñas a remojar se daba cuenta de que esa idea era un disparate y de que probablemente no tendría el valor suficiente para llevarla a cabo. Comenzaba a dudar de quién de los dos hombres estaba realmente enamorada. Evocaba la imagen del día en que conoció a Santiago cuando comenzaba la universidad. Fue una cita a ciegas que organizó una amiga mutua. Cuando le abrió la puerta y lo vio, le gustó al instante. Era bajo y un poco gordito, pero tenía una personalidad sólida, una reciedumbre que inspiraba confianza.

—¿Tú eres Chucho verdad? —le dijo en broma como saludo.

—Y me imagino que tú eres Chucha —contestó él.

Desde entonces se dijeron Chucho y Chucha. Esa noche fueron a cenar a un pequeño restaurante francés en Polanco, a bailar a la discoteca, a caminar al parque, hablaron y hablaron de sus planes, hasta que amaneció y terminaron desayunando chilaquiles. A partir de ese momento, no pudieron separarse. A los dos les gustaba agarrar camino en el pequeño Datsun de Santiago, llegaban hasta los pueblos más remotos, compartían su gusto por la fotografía y se amaban apasionadamente. Fue un sueño maravilloso de tres años.

—Fabiola ¿quieres que cortemos cutícula?

—No, Elena, deja la cutícula por favor.

***

También quiso recordar el día en que conoció a Omar. Su jefe se lo presentó en una junta de negocios. Él se portó muy atento, pero a ella le era indiferente, aparte, llevaba una corbata horrorosa. Ni le pasaba por la cabeza que pudiera haber algo romántico entre ellos. Además, él era quince años mayor, divorciado y con un hijo pequeño. Todo lo que a ella no le interesaba. Pero Omar se la fue ganando poco a poco hasta colarse en su corazón. Le escribía canciones y se las tocaba en la guitarra, cantaba precioso. La llevaba a todas las exposiciones de arte que ella quería, gozaban yendo al teatro juntos y, sobre todo, la hacía reír.

—¿También vas a querer pedicura?

—Sí, Elena, el mismo color.

Fabiola pretendía hojear una revista de modas, pero en realidad se hablaba a sí misma:

«Sí, es simpático, y cariñoso y todo eso, pero a Omar le gusta demasiado la fiesta. Es muy divertido y creativo, pero quién sabe cuánto ayude esto cuando tengamos que quedarnos en casa un sábado en la noche, preparando biberones y durmiendo bebés. El día que tuve que ir a recoger a su hijo a la escuela porque él andaba de borracho con los amigos, ni se enteró hasta el día siguiente.

En cambio, Santiago sería el padre ideal, casero y responsable. Pero ¿qué hago con sus celos? Esa vez que me lo encontré en un restaurante, que yo iba con clientes y compañeros de oficina ¡qué tango me armó! Sólo porque era la única mujer en el grupo. ¡Qué vergüenza!».

—¡Listo Fabiola! Te quedaron preciosas las uñas. Te va a maquillar Iris ¿verdad?

—Sí.

—Pasa con ella por favor, ya se desocupó.

***

La joven tenía los ojos cerrados mientras la maquillaban y lo único que podía ver era el rostro de Santiago. Trataba de imaginar cómo sería su vida casada con él: recorrerían todas las ruinas arqueológicas del país, acamparían en las playas durmiendo bajo las estrellas, cada día sería una aventura. Tendría una vida sin lujos, pero más libre ¡y muy divertida!

—Fabiola ¿te pongo pestañas postizas? Tengo unas pequeñas, se ven muy naturales.

—Está bien, pero las más chicas que tengas.

Con Omar sería una señora de sociedad muy respetada, viajaría por todo el mundo e irían al club de golf los domingos. Lo malo es que tendría que compartir todo con su exesposa y con su hijo. ¿A quién amaba más? ¿Con quién sería más feliz? Su indecisión la irritaba demasiado.

Iris volvió a dirigirse a ella:

—¿Te gusta, Fabiola? Quedaste como para la alfombra roja.

Pero al ver la cara de apatía de Fabiola, agregó:

—Claro que el éxito de todo maquillaje es una sonrisa.

Ella hizo una sonrisa forzada y se despidió disimulando su ansiedad.

—Muchas gracias, Iris, te dejo tu propina en la caja.

***

El cuarteto de instrumentos de viento guardaba silencio. Los invitados, vestidos elegantemente y sentados en las hileras de sillas dentro de la carpa. Los padres y testigos, de pie alrededor de la pareja. Fabiola llevaba un vestido de encaje, era una novia preciosa. Ella y Omar estaban parados frente al juez que leía la epístola de Melchor Ocampo con toda calma y aplomo. Había orquídeas blancas por doquier. De pronto, entre sus pensamientos, Fabiola escuchó el claxon del coche de Santiago, con la misma tonadita que siempre tocaba cada vez que la recogía, para que lo reconociera.

Una electricidad invadió su cuerpo como relámpago e impulsivamente, ante el asombro de todos los presentes, se subió el vestido largo con las dos manos y corrió tan rápido como los tacones de aguja plateados le permitían. Cruzó el jardín donde se llevaba a cabo la ceremonia y entró a la casa. Recorrió el extenso pasillo y salió a la calle por la puerta principal.

La felicidad la inundó cuando descubrió el coche de Santiago estacionado al otro lado de la acera. Él se bajó del auto y fue corriendo a su encuentro. Los dos iban como atraídos por un imán, por la fuerza de su amor. Fabiola traía la cara empapada, eran lágrimas de felicidad y de alivio. Santiago corría gozoso, con los brazos abiertos.

Cuando se encontraron se derritieron en un largo abrazo y el beso más amoroso y apasionado que se hayan dado jamás. Se miraron a los ojos y Santiago le habló, pero no con su voz, era la voz del juez que decía:

—Los declaro marido y mujer. Puede besar a la novia.

[Charlene Batlle]

24 años. En algún momento de su vida quiso ser escritora. Sin embargo, el síndrome del impostor la llevó a abandonar esa idea. Ahora es candidata a una maestría en política y diplomacia en la Universidad de Georgetown. En su teléfono hay migajas suyas que se presentan como palabras: Cuba, Miami, Berlín, arte, familia, libertad, Carver, Dickens, Atwood, Kundera, Platón, literatura, poesía, amor. Es buena para esconder desperfectos y marcharse de sitios. Es muy feminista y más de Bukowski que de Borges. Por la noche solo duerme, como la gente normal.

IG: charlenebatlle
X: @BatlleCharlene

Mima en pensamientos

Le he escrito muchas cosas. No hace tanto me mostró una caja con todas mis cartas guardadas. En muchas de ellas las palabras se han corrido en el papel, solo queda un rastro minúsculo del lápiz.

***

La tengo frente a mí, estamos sentadas en su cama, su mano derecha sobre mi rodilla, casi no las ve, intenta leer como si acudiese a la memoria, suspira y me la pasa para que yo las lea en voz alta.

Tenerla así. A puerta cerrada. Sin mi prima, sin mi hermano. Que llueva afuera, que me hable de lo bien que le sienta esa lluvia a sus plantas.

***

Llamar y que al segundo timbre me diga "¿Qué pasa que mi lagartija no me ha venido a visitar?"

Que me pregunte lo que estoy comiendo. Que me hable de su pasado, de cuando era niña, de cuando conoció a mi abuelo.

Que me diga que le gustaron las flores que le envié.

***

Ella mostrándome fotos. Riega su jardín. Ella toma té, ella elegante, con un aire misterioso; tan fascinante, tan pura, tan mujer.

Ella caminando.

***

Cultiva el espíritu. No es aburrida. Se interesa por cosas que a nadie le gusta hacer. Sabe estar sola y con gente. No busca aceptación. No nos exige. Nos ayuda, nos refugia. Nos quiere.

***

Hojear un libro es fácil; como lo es saltar sobre las líneas de un tren cuando sabes que no es hora de que pase, pero intentar ver:

—A una familia caótica con muchos hijos.

—A cuatro hermanos con un solo par de zapatos que intercambian entre ellos.

—A unas niñas rebuscando en la basura algo con que jugar, porque no hay muñecas, ni casitas, ni tacitas de café; pero la gente tira vidrios bonitos de jarrones azules y eso sirve igual. Eso sirve para estar ilusionadas.

—A alguien que la sacan del colegio para trabajar, cuando apenas ha aprendido a leer.

—A una joven que la mandan de criada lejos de su familia cuando apenas tiene doce años.

—A no ver un centavo de lo que gana porque el padre de familia es adicto al alcohol, a las apuestas y a las putas.

—Que un hermano se suicide, que otro muera de sida, que a una hermana la atropellen, que uno muera de cáncer de pulmón.

—A enamorarte de un Don Juan

—A tener que servirle a uno de los bastardos de tu marido el plato que habías guardado para ti.

—A que tu hijo prefiera irse con su padre a Miami.

—A que en la familia ya no sean cinco, sino tres.

—A un reencuentro después de mucho tiempo que dura muy poco porque tu hija ahora tiene metástasis.

—A tener que ver a tu hija mendigar por aire en una cama de hospital; a tener que enterrarla.

Todo lo que ocurrió entre las páginas que pasaron muy rápido, te hace temblar y poner el libro boca abajo.

Ver esto como se ven caer las hojas de un árbol.

***

Y sin embargo, me dice que hay mucho que agradecer.

***

Ella. Mima. Mi abuela.

Ella es casa. Ella es eso que se siente cuando abres una ventana a mitad de la noche y te pega la luna y el viento en la cara; es como cuando alguien que quieres te pone el cabello por detrás de la oreja. Ella huele y se siente a los "te veo muy pronto" que se dicen por teléfono, a la risa nerviosa que los sigue al colgar, justo antes de subir al avión.

[Matilde Suescún]

Nació en París, creció en Colombia, se radicó en los Estados Unidos y reside actualmente en Madrid.

Empezó su carrera como actriz de cine y televisión. Después se dedicó al periodismo y trabajó como escritora, productora y editora digital. Matilde obtuvo un *fellowship* de periodismo de la Universidad de Stanford y tiene una maestría en Comunicación Estratégica de la Universidad de Columbia. Matilde publica un *blog* y trabaja como *freelance*. Ha publicado algunos cuentos en libros de antologías en Miami.

IG: @matisu

Los cerros azules de Bogotá

Mi papá hablaba de los cerros azules. Decía que extrañaba los cerros cuando estaba lejos. Yo no los veía azules, para mí eran verdes hasta que en alguno de mis viajes de regreso, de los muchos que hice, en los tantos años que llevo lejos, me di cuenta de que eran azules. Los empecé a notar mucho después de haberme ido. Los vi más claramente en la memoria. Los cerros azules que ahora me recuerdan más a mi papá que a Bogotá.

Esa ciudad que visito cada vez menos y que duele cada vez más, porque cada vez que voy hay alguien menos. Se va quedando vacía, no de gente, sino de mis afectos. La voy perdiendo, cada vez la ciudad es menos mía, es más ajena, es más abrumadora.

Su cielo gris abarrotado de nubes amenazantes, sus calles agrietadas y húmedas, sus charcos. Falta el aire al caminar y cada vez tengo que soportar los primeros días de mareo y dolor antes de acostumbrarme a la altura. El altiplano helado, donde se pasa más frío que en Suecia porque nunca llegó la calefacción ni el metro. Sus millones de habitantes atrapados a diario en calles donde filas de buses y carros inmóviles tratan de esquivar las motos que se multiplican como moscas. El infierno se parece al tráfico de Bogotá.

La vía que sale del aeropuerto apunta a los cerros. El aire frío, las nubes cargadas, los huecos en las calles, la nostalgia de tantas visitas anteriores, de todos los que no están para acompañarme en ese viaje, la nostalgia por los años vividos lejos y los años que se fueron. En Bogotá fumé por primera vez, hice el amor por primera vez, tuve mi primer novio, me sentí grande, y allí me quedé huérfana.

Las tardes de *banana split* en el centro, con mi papá y mi hermana, los partidos de *ping pong* en los antros de la 23. Las tardes de chocolate caliente con queso derretido en el apartamento de la 19 con Carlota después del colegio. Las escapadas al cine con los amigos de adolescencia fumando marihuana en las Torres del Parque. Las noches de salsa en el Goce Pagano. Los domingos de pollo al curry en la casa de la Candelaria. No está más esa Bogotá. Quedan los cerros y cada vez menos razones para ir.

Pero si no voy, ¿quién soy? ¿Cómo seguir vivo sin raíz? Esa ciudad inmensa y detestable, de sol brillante y el cielo más azul, es el principio y el final. El estallido de libertad de una adolescente imposiblemente sola, el refugio del poeta, el recuerdo de una vida mejor que nunca fue.

[Patricia Carvallo]

(Caracas, 1963) Abogada egresada de la Universidad Católica Andrés Bello, con especialización en Derecho Procesal Civil. Diplomados en Escritura Creativa, Competencias Especializadas de Escritura y Guion y Lenguaje Audiovisual de la Universidad Metropolitana y en Narrativas Contemporáneas de la Universidad Católica Andrés Bello (conjuntamente con el Instituto de Creatividad y Comunicación). Desde el año 2017 pertenece al grupo de escritura del profesor Hernán Vera Álvarez en Miami. Primer premio en la VI Edición del Concurso "Cuéntale un cuento a La Nota Latina" y Premio del Público en el Concurso Cuentomanía, Edición 2019. Ha participado en las antologías *Inficciones* y *Vacaciones sin hotel* (Ediciones Aguamiel 2020, 2021), *No estamos tan locos como la gente dice* (Oscar Todtmann Editores, 2022). Su libro de cuentos *En esta casa nadie come pan (ni cuentos)* (Oscar Todtmann Editores, 2022) está nominado a los premios ILBA 2023. Pasando de la literatura jurídica a la de ficción, al fin y al cabo es lo mismo. Inmigrante pendulante entre Miami y Caracas desde 2013.

IG: @pcarvallo63

Equivocación

Rodolfo se quitó los lentes y se frotó los ojos con el dorso de la mano: ahora veía peor. Después de sortear un grupo de gente que se apiñaba frente al bar, se escondió en un pequeño resquicio de la pared para observarla más de cerca.

Si bien conservaba la misma figura a pesar de los años, el pelo era de diferente color y había perdido el brillo de la juventud. Lo confundió un poco ese aire de mujer de mundo que ahora irradiaba, muy diferente a aquella muchacha retraída, timorata, casi muda, a la que no hubiera volteado a ver jamás si no hubiera sido por aquella bendita apuesta.

Por un instante sus miradas se cruzaron, pero ella siguió examinando el salón, como si buscara a alguien, lo que Rodolfo aprovechó para refugiarse entre los que hacían cola para comer del bufé. Disimulando dar un traspiés, se acercó un poco más, e intentó cubrirse la cara con el vaso. Ya no tuvo dudas: era Evelyn.

—Cosas de muchachos —le había dicho el Gordo Pantin, mucho tiempo después, sentados en la barra de un bar de mala muerte— no le des tanta importancia, chico. ¿Sabes cuántos años han pasado ya de eso? Deja de martirizarte.

Pero no le creyó al Gordo esa vez, ni ahora, cuando escondido detrás de un vaso de whisky con Pepsi, le afloró la vergüenza tanto tiempo dormida. Todavía, después de veinte años, sentía culpa.

Fue el Gordo Pantin el que inventó lo de la apuesta y escogió el objetivo: Evelyn. Tal vez porque era así la pobre, como muy recatada, menudita, siempre con la nariz en los cuadernos, rojo para las materias obligatorias, verde para las electivas, perfectamente subrayados los títulos, subtítulos y palabras importantes. Tal vez por eso, la escogió el Gordo Pantin.

Cosas de muchachos, se repetía, cuando unas gotas de whisky en la camisa lo sacaron de su cavilación. Volvió la cabeza al sentir que alguien lo miraba y encontró por instante los ojos de Evelyn en los suyos, aunque ella siguió recorriendo el lugar sin prestarle atención. Rodolfo se agachó simulando recoger un objeto invisible, y así, doblado sobre sí mismo, avanzó en busca de la puerta que daba al jardín para salir de aquel lugar de inmediato.

Si por lo menos hubiera tenido el valor de llamarla… Pero, ¿qué le hubiera dicho? "Hola Evelyn, entre los amigos hicimos una apuesta y quien perdiera, se acostaba contigo". "Hola, qué pena que lo de anoche fue una apuesta". "Hola, discúlpame, fue cosa de muchachos…", como dice el Gordo.

Mientras caminaba, la espiaba con el rabillo del ojo. Tuvo la certeza de que era ella, por aquel gesto de echarse el pelo hacia atrás con dos dedos. Resultaba extraño que aquella mujer tan hermosa fuese la misma muchachita simplona que desde hacía veinte años se había convertido en su sino, en un lastre que no había podido soltar.

¿Y si le hablaba? ¿Qué le diría? "Hola, ¿te acuerdas de mí? Soy Rodolfo. ¿Te acuerdas de aquella noche?". Tal vez no la recuerde, tal vez no me recuerde… yo también he cambiado mucho. Sí, después de aquella noche él nunca se sintió igual. Se convirtió en un ser taciturno, apagado, ensimismado.

Cosas de muchachos, resonaba el mantra entreverado con el ritmo del reguetón. Seguramente si hubiera tenido el valor de llamarla, no le hubieran pesado todos estos años.

Mientras pasaba entre los borrachos que daban alaridos con el karaoke, pudo distinguir a Evelyn que, como una especie de deidad sonreía a unos y a otros, soltando unas divertidas carcajadas que Rodolfo no reconoció. Porque si había alguna otra cosa que recordar de aquella noche, es lo aburrida que fue, aunque la adrenalina estaba a millón por culpa de aquella sombra de un libidinoso Gordo Pantin asomado por la rendija de la puerta con la excusa de corroborar que la apuesta se cumpliera a cabalidad.

Atravesó el jardín trastabillando por lo irregular de la superficie; aun sostenía el vaso que desparramaba las últimas gotas del lánguido whisky. Llegó hasta su carro y al sacar las llaves de su bolsillo, una mano delicada le asió el brazo. Una voz que tampoco recordaba, le dijo:

—Rodolfo, ¿por qué te fuiste esa noche?

Y como hace tantos años, tampoco esta vez pudo sostenerle la mirada. Bajó la cabeza y sumergiéndola en el vaso, ahora ya completamente vacío, contestó con voz ahuecada:

—Señora, yo no me llamo Rodolfo.

[Vanessa Arias Ruiz]

(Caracas, 1993). Fotógrafa y escritora venezolana a quien le intrigan las personas y la belleza de entrar a sus mundos a través del arte. Desde las casas seriales del suburbio de New Jersey, hasta las luces de neón desenfocadas de Miami o los atardeceres sobre rocas volcánicas en alguna playa de Hawái, todos los lugares en los que ha vivido han sido inspiración para crear (y creer). Lleva siempre consigo un cuadernito de ideas desordenadas y una cámara que es más bien una varita mágica. El lápiz y el lente siempre le han servido de excusa para explorar otros mundos. Y de tanto en tanto, para reescribir el suyo también.

Licenciada Internacionalista, egresada de la Universidad Santa María (Caracas), y Fotógrafo de Roberto Mata School of Photography (Miami). Su obra literaria ha sido incluida en el libro de cuentos *Vacaciones sin hotel. Antología de autores del sur de la Florida* (Florida Book Awards 2021). Actualmente trabaja en un libro fotográfico sobre su serie de desnudos artísticos *Bare Idea*.

IG: @AlohaVane

14 Ma'a Street

En la noche de mayor embriaguez de mi vida no hubo alcohol.

Lo que sí hubo fue la sensación de no tener control sobre mi cuerpo. De verme allí, en tercera persona, como narrador omnisciente en una película que nadie vería en el cine. Esa sordera temporal al salir de un club nocturno de esos que visitas solo con menos de treinta años, porque ya luego "la música es muy alta para hablar". Ese estado de pensamientos desordenados, de voces hechas eco y decisiones cuestionables.

***

Te miro a los ojos y pienso en si contarte esta historia. Pero no la versión superficial; la del reporte policial o la que tuve que contar para salir del aprieto en el que estuve metida algún tiempo antes de conocerte. Sino la historia dentro de mí, la que hasta ahora no me atrevo a escribir, en parte porque duele, y en parte porque aún no la sé completa.

Si estuviéramos en una *rom-com* esta sería la escena en la que tú visitas mi ciudad, después de habernos conocido de una forma nove-lesca y yo te rompo el corazón. Te confesaría que estoy rota para con eso tratar de alejarte. Y tú me gritarías bajo la lluvia que ya no tengo que protegerme.

Pero ésta no es una película. Ésta es la vida real.

***

—Creo que es suficiente con los tragos —le reclamé con firmeza mientras se acercaba a la barra para ordenar otro *Old Fashioned*. Nun-ca había sentido la necesidad de exigirle a un novio que parara de tomar. Pero una corazonada invadió mi cabeza como un zumbido.

—¡Deja de intentar controlarme! —me gritó y todos alrededor vol-tearon a vernos.

Salimos del bar con tal urgencia, que él dejó su tarjeta de crédito y yo mi dignidad.

Lo perseguí a él y a su rabieta al carro. Después de todo, yo era la conductora designada y habíamos manejado una hora a lo que se supone sería una fiesta divertida con amigos de los que nunca llegué a despedirme esa noche.

Era la una de la madrugada, caminábamos dos cuadras hasta el estacionamiento y lo único que se escuchaba a esa hora eran las olas. Las olas y sus gritos.

—Debe ser el alcohol —pensé, pero los latidos del corazón me de-cían otra cosa. Yo siempre había sido del tipo de personas que se cierran cuando les gritan, como si de pronto una pared de cristal se interpusiera entre nosotros y las voces se hicieran inaudibles. Pero además había dentro de mi percepción, varias categorías de gritos: los admisibles, los de emoción, de cuando la abuela te expresa desde el piso de abajo que la comida está servida, el alborozo de un gol o el de un niño jugando en el parque… Luego están los gritos chocantes; los que usa la gente sin argumento para probar su punto durante una discusión, los de la impaciencia y la arrogancia. Y luego están… este tipo de gritos. Los que te producen esa sensación de mareo y vacío en el estómago.

Sus insultos eran cada vez más fuertes, no sé si por el tono de su voz o por la crueldad de sus palabras. Yo me había convertido en el blanco de su metralleta emocional y él estaba dispuesto a usar todas las balas. —*You're alone on this island* *estalla la primera bala* –*I'm sick of you* –continúa sin ninguna respuesta de mi parte, pero ya las lágrimas comenzaban a correr. –*When will you fucking understand that you are not in Venezuela anymore? You will never be in Venezuela. You're in fucking America. Deal with it!* –y de pronto aparecieron mis pensamientos más autodestructivos, que nunca esperas escuchar de alguien que amas… de alguien que… ¿te ama?

***

Vi mi carro a la distancia y casi corrí hasta él. Sostuve nerviosa las llaves y me apresuré al asiento de piloto porque algo me decía que él no iba a acceder fácilmente a que yo manejara y tenía razón. Me sentí agradecida de haber estado tomando solo agua toda la noche. Una parte de mí quería dejarlo allí, pero no lo hice. Pasamos al menos diez minutos en el estacionamiento, esperando por su pataleta hasta que volvió con un portazo y esta vez con las pupilas dilatadas, a reanudar el repertorio de frases que tenía preparadas para herirme, lo que logró de forma satisfactoria. Nunca me había sentido tan sola.

Y aun así, nada me podría haber preparado para lo que me esperaba esa noche.

***

Verás… Seguro ya has escuchado esta historia. Siempre comienza con un padre abusivo, siempre incluye alcohol y casi nunca es cosa de una sola vez.

Quizás lo habré visto en alguna película y debo confesar con vergüenza que también habré juzgado a la víctima. Pero la verdad es… que nada podría haberme preparado para que mi contacto de emergencia se convirtiera a su vez, en mi mayor amenaza. ¿Cuán irónico es eso?

Te sostengo la mano y continúo contándote mientras observo las palabras salir una a una de mi boca, como si cada una de ellas requiriera un esfuerzo sobrehumano para no desmoronarme.

En ti veo… un camino. La esperanza de volver a sentir. La ilusión de que camines conmigo, no para sanarme ni para venir a completar nada, sino para amar a la mujer que yo misma logré reconstruir después del episodio más violento de mi vida.

***

La vía al otro lado de la isla, que es más bien una carretera de curvas que bordea la montaña. Al otro lado, un precipicio y el mar. Son unos treinta kilómetros de distancia, de los cuales tal vez la mitad son sin señal de celular.

Los gritos en el carro se convirtieron en forcejeos y en un abrir y cerrar de ojos, ya no tenía mi celular y mi Apple Watch había sido arrebatado de mi muñeca.

–¿Para qué quiere mi celular? –pensé, sin detenerme en esa idea porque lo único que quería a ese punto era llegar a casa a salvo. El camino de una hora se convirtió en casi tres, porque cada vez que escuchaba en silencio alguna de sus preguntas irracionales o no respondía lo que él quería escuchar, tomaba mi volante y me obligaba a estacionarme en el medio de la autopista y apagaba las luces. En un momento, metió el freno de emergencia mientras íbamos en movimiento.

***

Debe haber sido luna nueva, porque recuerdo la completa oscuridad en una de las paradas al costado de la carretera cuando apagó los faros del carro y no podía ver la arena, apenas a unos metros de nosotros. Olowalu es una de las playas más bonitas de Maui, adornada por montañas puntiagudas e imponentes que desde el agua, casi parece que se mezclan con el mar. De esos lugares que me inspiran un "¡No puedo creer que estoy aquí!". Hacía apenas dos años que me había mudado a Hawái por trabajo, justo en medio de la pandemia y aún sonreía sola mientras manejaba viendo estos paisajes.

Esa noche también pensé que no podía creer que estaba allí, pero esta vez de una forma retorcida y ensordecedora. "No puedo creer que… ¿Qué está pasando exactamente?". Presenciaba su enojo escalar y escalar mientras sentía ese hormigueo en el pecho entre adrenalina y pánico. Mis labios secos y mudos. Nunca lo había visto tan molesto. Nunca había tocado mi volante mientras manejaba. Nunca me había causado una escena en público. Nunca me había hecho sentir… ¿miedo? ¿Por qué tengo miedo? Después de todo… él nunca me haría daño. ¿Cierto? Me repetía de forma compulsiva en mi cabeza y en contra de todos mis instintos, porque mi sistema nervioso ya estaba al borde del colapso.

***

En una de esas paradas, traté de salir del carro para tomar un poco de aire, necesitaba desesperadamente respirar. Las manos ya temblorosas sobre el volante y mi cabeza aturdida por los gritos. Me incliné hacia la puerta para tirar de la manija con mi mano izquierda y sentí un jalón en el otro brazo. Él sostuvo mi mano con fuerza y la empujó contra el asiento de pasajero como si tratara de romperme los dedos. Sus ojos muy abiertos y una expresión de rabia en su boca que dejaba ver sus dientes inferiores.

Fue entonces cuando me di cuenta de que él sostenía todas las cartas. Aquí estaba yo, a las dos de la mañana, en medio de una carretera oscura, sin celular y sin autonomía, al lado de la persona más cercana a llamarse familia en la isla, la cual acababa de tornarse violenta.

***

No recuerdo jamás haber rogado, pero esa noche lo hice. Le rogué mientras sollozaba que no dejara que mi mamá recibiera esa noticia. No podía parar de pensar en que la llamaran a la mañana siguiente, para decirle que su hija había muerto ahogada al caer de un acantilado a causa del novio que le presentó apenas unos meses atrás en las vacaciones de Navidad, y de quien nadie nunca sospechó nada. Que le contaran que la vida de su hija, por la cual luchó literal y figurativamente durante una dictadura en Venezuela, había sido arrebatada por alguien que dejó sentar en su mesa. O peor aún, que nadie nunca supiera la verdadera historia. Porque ni siquiera yo tenía idea de quién era en realidad la persona con quien compartía mi cama.

Mi instinto me hacía susurrar. Le daba la razón a todo lo que decía y pensaba en que si jugaba su juego, podría salir de esta situación ilesa. Después de todo, no era la primera situación de peligro en mi vida, pero si la primera generada por alguien que amaba. Pensé que de seguro llegaríamos a casa y se quedaría dormido de la borrachera y yo tendría tiempo para tomar una decisión por la mañana.

***

Finalmente llegamos a casa. *14 Ma'a Street*. Y por unos segundos sentí alivio. Pero entrar a la casa fue como cruzar un portal. En el momento en el que cruzamos la puerta, me tumbó al piso y me arrastró al cuarto. Fue allí cuando entendí que no me había quitado el celular en forma de arrebato infantil, sino porque sabía que la violencia iba a escalar a tal punto en que yo iba a querer pedir ayuda.

Me arrastró brutalmente hasta la cama, me sujetó las muñecas y puso todo el peso de su cuerpo sobre mí. Y aunque solo había bebido agua durante toda la noche, fue allí que comencé a sentirme realmente mareada, confundida y desorientada. Su voz difusa e imperceptible, como en un sueño. Por un momento sentí que me veía en tercera persona. Tal vez como un intento desesperado de retomar el control sobre mí misma, en medio de este estado de sumisión y de embriaguez emocional, para recordarme que aún soy libre. No mi cuerpo, pero el alma que reside en él, seguía siendo libre, aún con sus manos alrededor de mi cuello.

Lo miré fijamente a los ojos en completa conmoción. Nunca intenté defenderme. Es como si alguien hubiera pulsado un botón para apagar todas las funciones en mi cuerpo. De pronto ya no me salía hablar, ni moverme, ni mucho menos resistirme.

Todo se sentía en cámara lenta, como si tuviera todo el tiempo del mundo para pensar en mi siguiente movimiento y, a la vez, cero libertad para ejecutarlos. Así que hice lo único que vi posible como un intento desesperado por culminar la agotante noche: Me hice la muerta. O… la inconsciente. O… cualquiera fuese el estado necesario para que dejara de tocarme.

Me dejé caer en sus brazos, cerré los ojos y relajé todo mi cuerpo mientras contaba mentalmente en un estado casi meditativo. Pero muy pronto sentí la punta de sus dedos sobre los orificios de mi nariz, como tratando de verificar si aún expulsaban aire.

–*I'm not stupid Vanessa, I can see you're still breathing!* –exclamó con un tono aun más agresivo. Era claro que esto era un tema de control, de dominio. Y yo había decidido hacer la única cosa posible en ese momento que se lo quitaba. No ver en mí ningún tipo de reacción física a su coerción, fue la guinda de la torta en su episodio de violencia. Después de ese momento, todo se volvió borroso.

***

No recuerdo como terminó la noche. No sé si me desmayé por unos minutos cuando intentaba asfixiarme o si en algún momento se aburrió. No sé si se quedó dormido, ni recuerdo haber caminado fuera del cuarto. No sé que hora era. No sé cuánto duró. Ni tampoco sé describir lo que sentí cuando desperté la mañana siguiente y seguíamos en la misma casa. En *14 Ma'a Street*.

***

Por primera vez desde este episodio, mis pensamientos y palabras se alinean para contarte lo que no había tenido el valor de contar. Quizás por ingenuidad o por miedo. O tal vez porque era demasiado doloroso admitir que sucedió. Porque no estaba lista para aceptar que ésta era una de esas historias. Y yo era una de esas chicas. Una más en la estadística.

[Diana Pardo]

Colombiana, residente en Miami, FL. Abogada de la Universidad de los Andes, en Bogotá, y MA y Ph.D. en Relaciones Internacionales de la Universidad de Miami. Consultora de comunicaciones, contadora de historias, columnista del diario El Tiempo y colaboradora ocasional para otros medios. Ha publicado cuentos en las antologías: *Inficciones. Relatos de escritoras en confinamiento* (Ediciones Aguamiel, 2020), *Vacaciones sin hotel* (Ediciones Aguamiel, 2021), y *No estamos tan locos como la gente dice* (Oscar Todmann editores, 2022). Autora de *Más allá del abismo. Relatos de líderes sociales que abren camino* (2021), galardonado con el International Latino Book Award, en la categoría "Libro más inspirador" de no ficción. Muchos de sus relatos se pueden encontrar en dianapardo.co

IG: @Dianapardogp
X; @Diana_Pardo

Reguetón triste

—Apúrate, Liza, que se nos hace tarde. Siempre somos los últimos en llegar.

—Ya voy, dame cinco minutos —respondió ella cambiándose por tercera vez de vestido.

Siempre era así cada vez que salíamos. Se veía radiante con cualquier cosa que se pusiera, pero nunca estaba conforme con su apariencia. Al fin se decidió por un vestido rojo sin mangas que resaltaba su figura. La ropa interior era magenta y le hacía juego con el vestido.

Se cepilló el pelo, se maquilló con calma resaltando sus bellos ojos color caramelo, escogió entre sus joyas unos aretes de plata largos y me preguntó:

—¿Me veo bien, amor?

—Estás hermosa, te ves guapísima —le contesté mientras abría la puerta para salir y pensaba para mis adentros lo afortunado que era al estar casado con la mujer más linda del planeta.

Llegamos y casi no encontramos donde estacionar el carro, tuvimos que dejarlo como a dos cuadras del lugar, de tantos asistentes que había en la fiesta. La puerta de entrada estaba sin llave y cuando la abrimos todos se voltearon a ver a Liza. Ella por su parte, parecía no enterarse, no se daba cuenta de su magnetismo.

—¿Estás bien, amor? —me preguntó.

—Sí, sí, vamos a servirnos un trago —le dije, tomándola de la mano y caminando hacia el bar. Me sentía bien, claro que sí, pero me incomodaba (y ella sin duda lo había notado) la lascivia con la que algunos tipos miraban a Liza. Yo conocía esa sonrisa imbécil que tienen los hombres cuando se sienten obnubilados por la belleza de una mujer. "¡Es mi esposa!", quise gritarles, pero a Dios gracias no hice ese papelón.

Pedí un *whisky* doble. El *bartender* le preguntó a Liza qué quería y ella dijo que un tequila. Era lo que siempre tomaba en las fiestas.

Las amigas de Liza se acercaron a saludar y la abrazaron emocionadas, como si no la hubieran visto en siglos; pidieron tequila también y brindaron tomándose una *selfie*.

—*Boomerang, boomerang* —gritó una de ellas.

Entonces sonó J. Balvin y comenzaron a cantar y a bailar dando brincos de alegría. Se movían como si estuvieran poseídas. Nunca he entendido el gusto de mi esposa por el reguetón, esa música estridente de letras obscenas, así que no la acompañé en el baile. Me quedé junto al bar, charlando con los que se acercaban en busca de un trago.

Ya iba por mi segundo *whisky* cuando se acercó un tipo alto, de *bluejean* apretado y barba arreglada que parecía un jardín con el pasto recién cortado. Me saludó sin presentarse y movido por lo que seguramente él pensaba era complicidad de género, me dijo:

—¿Qué tal el hembrón del vestido rojo?

Alcancé a tomar aire para responder con tranquilidad y sin mirarlo, le dije:

—El hembrón del vestido rojo es mi mujer. Y sí, es una diosa.

—¿Y por qué no baila con ella? —osó preguntarme.

—Porque está feliz bailando con las amigas y porque odio el reguetón —le respondí mientras daba media vuelta y me iba para otra esquina.

Me distraje conversando con algunos amigos, pero de pronto alcé mi mirada buscando a Liza y vi que el cabrón de la barba podada bailaba con ella. Me fijé en el coqueteo del tipo, su lenguaje corporal, la forma cómo se le acercaba, le rozaba el pelo, la agarraba de la cintura y la acercaba hacia él. Liza le seguía el juego encantada, se reía, echaba la cabeza para atrás y bailaba al compás del reguetón, ahora del tal Bad Bunny. Quise ir hasta donde estaban y darle una trompada al tipo, pero me contuve.

Fui a servirme otro *whisky*, y otro, y otro más. No sé cómo, pero en un momento en que el tipo se acercó al bar, le dije que quería mostrarle algo, que qué bien que lo estábamos pasando, que de tanto reguetón ya me estaba empezando a gustar. Él se rio a carcajadas, se sentía mi pana…, el gran pendejo, y ahí fue cuando lo tomé del brazo y lo llevé a la parte de atrás de la casa, hasta el garaje.

Cuando entramos cerré la puerta y le pegué una trompada que lo dejó tirado en el suelo, desmayado. Recorrí con mis ojos el lugar y divisé una cuerda en una de las estanterías. Agarré al tipo, lo levanté, lo arrastré hacia el carro que estaba ahí estacionado y lo amarré a una de las llantas. Salí de prisa y entré a la casa como si nada.

Me acerqué donde estaba Liza, le dije que tenía dolor de cabeza y le pregunté si nos podríamos ir ya y si no le importaba manejar. Sin esperar respuesta le entregué las llaves del auto. En ese momento sonaba un reguetón triste, una canción que parecía más bien un lamento: "Ay, ay, si tú te vas yo no quiero saber/si tú te vas con otro, mami, yo moriré…" Liza lo cantaba y me miraba, pero era yo quien quería cantarle, decirle, rogarle que no se fuera con el de la barba podada, que nunca se fuera con nadie.

Mientras caminábamos hacia el carro pensaba en el tipo amarrado en el garaje; en ningún momento le había dicho mi nombre, la única referencia que él podía usar para encontrarme al día siguiente era que yo estaba casado con la mujer despampanante del vestido rojo. Les preguntaría a los dueños de casa, que nos conocían muy bien. Era obvio que me encontraría. Pero en este momento no importaba. Estaba con Liza, con mi diosa del vestido rojo, con la que le gustaba el reguetón triste, y ya pronto estaría en la cama con ella.

Llegamos a la casa y nos fuimos a acostar.

—Estabas maravillosa esta noche, Liza, te veías muy guapa —le dije. Pero ella no me respondió. Apagó la luz y se volteó para el otro lado de la cama dándome la espalda. Seguro estaba cansada de tanto saltar con el reguetón. O al menos, eso era lo que yo quería pensar.

[Nancy Mejías]

(**República Dominicana, 1970**) Es psicóloga, escritora y fotógrafa. Escribe ficción en inglés y español. Participa en el taller de escritura de Hernán Vera en Miami desde 2017. En 2019 fue semifinalista de Cuentomanía, concurso de cuentos en Miami, con "D.E.P" y en 2020 con "Luzmary Unisex". Sus cuentos han sido publicados en varias antologías como *Inficciones* (Ediciones Aguamiel, 2020), *Vacaciones sin hotel* (Ediciones Aguamiel, 2021), *Con la urgencia del instante. Antología de microrrelatos en español de Estados Unidos y Canadá* (Ars Communis, 2023). *#NiLocasNiSolas* (El BeiS-Man PrESs, 2023). Vive en Miami, Florida.

IG: **@nancymejiaswrites**

@nancy.mejias.photography

Perdida en Capotillo

La Gata salió del baño, acomodó las bolsitas en el escote y aseguró el ajuste que escondía sus pezones. Con una mano planchó los desdobles de las lentejuelas verdes en su vestido y con la otra bajó la falda para que no se le vieran las nalgas. En la oscuridad, Bori, inquieto, iba de un lado a otro de la discoteca. Con seis pies y cinco pulgadas de altura, sobresalía entre todos. Sus trenzas negras parecían expandirse entre las sombras, las luces fosforescentes y el humo del cigarrillo.

Bori hacía preguntas, quería que alguien lo ayudara. Entre los golpes de barriga, los pechos semi descubiertos, el alcohol y las drogas, nadie le hizo caso. El sudor corría por los cuerpos pegados, la bachata y el perico *ripiao'* salían de las bocinas, de las caderas, de los labios que se perdían en chupones, en besos o en el traspaso de píldoras que los llevaba a otro punto de excitación. La Gata bajó la mirada y caminó hacia el lado opuesto, pensó que Bori no se atrevería a cruzar la línea que dividía el VIP de la muchedumbre, y subió los cinco escalones para llegar a la mesa junto a las otras mujeres que también estaban talladas de implantes y silicón. Apenas era la media noche y las botellas de ron se empezaban a acumular en el área reservada para El Alfa y sus adulones.

María Consuelo Guzmán nació trigueña con los ojos a veces verdes, a veces del color del ron añejo. Dependía del estado de ánimo.

—Cuando 'tá enrabiá' parece una gata —rumiaba su abuela con la voz ronca y el cachimbo en la boca. La cuidaba a ella y a sus hermanos mientras su mamá trabajaba en una casa de familia. A su papá nunca lo conoció.

Juan fue siempre Juan hasta que su mamá se mudó a Puerto Rico y entonces fue Bori.

Los dos vivían en Capotillo, entre techos de zinc y calles de lodo. Allí comandaba una jerarquía paralela a base de amenazas, intimidación y sobornos. Pocas veces se cruzaba con la autoridad del mundo exterior.

Bori y La Gata eran de la misma edad y cuando pequeños fueron inseparables. Vivían en el mismo callejón, en la parte de atrás de un caserío dividido por tierra y cañadas. Bori se pasaba horas en la casa de su amiga y juntos crearon un universo alterno a la realidad que vivían. Entre pedazos de cartón y sábanas raídas, les daban vida a las lecciones sobre el espacio, la historia, los mundos lejanos y la vida. En la escuela se defendían el uno al otro y con los años el lazo de amistad fue más fuerte.

A pesar de lo modesto, el hogar de La Gata era ordenado, con comida caliente todos los días bajo el cuido de su abuela. La de Bori, no, nunca supo más de su mamá. Él vivía con su papá, borracho y abusivo, con chatas de Brugal por donde quiera y a merced de los vecinos que le pasaban platos de comida y ropa de segunda mano. El tiempo le fue dando fuerzas para defenderse de su padre y de los tipos que buscaban reclutarlo para el anillo del Alfa.

Por eso se fue cuando se fue —le explicaba la abuela a su nieta cuando supo que su buen amigo se había ido en una yola a Puerto Rico.

La Gata quedó inconsolable, sin ancla, perdida en Capotillo. Sin embargo, salió de su cascarón y el barrio se encargó de ella.

El tiempo le definió las curvas del cuerpo y sus ojos seductores llamaron la atención de Diente de Oro, uno de los que comandaba en el barrio. Con su sonrisa cínica, perfumado y con buenas ofertas, La Gata cayó en sus garras y de un día a otro caminaba por las calles con jeans ajustados de Gloria Vanderbilt, el escote pronunciado y tacones.

Sin papeles y en una pieza no muy distinta a la de su viejo barrio, Bori trabajó en construcción, en agricultura, en limpieza, o en lo que apareciera. Le hubiera escrito a La Gata, pero los carteros no entraban a Capotillo. Sin embargo, nunca dejó de pensar en ella.

***

Bori pasó unos años trabajando en distintos lugares. Un día, mientras empacaba carne, apareció "la migra". En vano trató de correr. El edificio estaba rodeado de agentes y lo deportaron. Regresó, pero con la intención de irse de nuevo. Mientras tanto, alquiló una habitación en otra parte de la ciudad y luego fue en busca de su amiga.

Capotillo era el mismo, pero no encontró ni a su papá, ni a la abuela, ni a La Gata. Preguntó a los vecinos y le dijeron que ella se había mudado a la parte alta del barrio y los fines de semana se lo pasaba en la Discoteca Tulúm con Diente de Oro y los amigos del Alfa. Le advirtieron, lo aconsejaron que la olvidara, que sería un problema involucrarse con ella, pero él no desistió.

Una tarde se acercó a donde le habían indicado. Desde esa altura se veía el caserío de distintos colores. La casa era amplia, con las ventanas oscuras y las paredes y el techo de cemento, un contraste al resto de la vecindad. Con cautela caminó frente a ella para intentar ver a su amiga. Al no encontrarla, pidió una cerveza en el colmadón del frente y se sentó a esperarla. Después de un rato la vio salir. Iba sola, con el pelo rizado teñido de dorado y los ojos más bonitos que nunca. Dejó la cerveza sobre la mesa y la siguió. Un poco alejado de la casa la llamó.

—¡Gata! —Ella reconoció la voz enseguida. Se volteó y corrió hacia él. Lo abrazó fuerte.

—Bori. —Su voz cayó suave sobre su oreja.

—¿Cuándo llegaste? ¿Qué haces? ¿Dónde te estás quedando?

Tenía muchas preguntas, pero poco tiempo para esperar las respuestas. El Bori empezó a explicarle y a lo lejos La Gata vio el carro de Diente de Oro pasar. Caminó rápido para esconderse detrás de una pared, Bori la siguió y ella le dijo:

—Vete.

—¿Qué? —preguntó Bori, confuso.

—No te puedo explicar, pero tienes que alejarte. Es peligroso. —Y lo empujó a un lado.

El Bori no esperaba que reaccionara así, pero ella andaba con Diente de Oro y él había hecho que cortara su relación con todos, incluso su familia.

—Ven conmigo. Aléjate de esto. Regreso a Puerto Rico en unos días.

—Vete, por favor. —Le pidió una vez más.

—Te paso a buscar.

—Estás loco, no entiendes, de esto nadie se escapa vivo.

—Sí, lo entiendo.

Bori le dijo el día, el punto de encuentro y la hora en que salía la yola. Insistió en que se fuera con él. Que él la esperaría. La Gata sonrió con los ojos aguados y la misma sonrisa de cuando eran niños. Le dio un abrazo y se alejó de él.

El día del viaje, Bori la esperó, pero no llegaba. Era casi la media noche de un viernes, entonces fue a Tulúm.

Bori caminó lento entre el ritmo de los bailarines. La Gata lo siguió con la mirada. Diente de Oro le apretaba el muslo debajo de la mesa.

Ella quería correr hacia Bori, irse lejos de donde estaban. Sintió los dedos trepar su entrepierna regresándola a la realidad, quiso distanciarse, tomó una de las botellas y sirvió una ronda de tragos.

Esa noche La Gata no tomó. Entre el desenfreno recordó su niñez con Bori y los mundos que crearon. Sirvió otra ronda de tragos y esta vez encontró el valor para echarle dentro las pastillas que había guardado en el escote.

Bori la vio y se fue acercando. Diente de Oro le soltó el muslo, se le acercó al Alfa y le dijo algo en el oído. Luego se perdió entre el sonido ensordecedor y los cuerpos excitados. Ella quiso aprovechar el momento y alertar a Bori. Intentó pararse, sus ojos más amarillos que nunca.

—¡Ey! tranquila, quieta —le dijo El Alfa.

Se sentó buscando entre la gente a los dos hombres. Encontró las trenzas de su amigo, cada vez se acercaba más a ella. Caminaba mirando de un lado a otro, pero con seguridad. La Gata quería salir de donde estaba, correr hacia él y huir.

La música hacía temblar las paredes, el techo, el suelo y los cuerpos convulsos. Bori ahora caminó con la mirada fija en La Gata, queriendo sacarla de las garras de El Alfa y todos los que estaban con ella. De pronto, un golpe seco en la cabeza lo hizo caer sobre la muchedumbre; Bori se paró con esfuerzo, dando pasos de un lado al otro entre el tumulto, como si fuera uno más. Sin aire, desubicado, sentía que el lugar daba vueltas a su alrededor. No encontraba su propia respiración. Sin darse cuenta iba dando pasos hacia la puerta de salida donde buscó aire fresco para reincorporarse y regresar por La Gata. Sin embargo, una botella lanzada desde el área VIP se había estrellado contra la cabeza de Diente de Oro. Salieron las armas y La Gata corrió.

Más botellas fueron lanzadas, punzaron las armas blancas, hubo golpes y gritos. Y luego tiros. Del local salió una estampida, otros jamás saldrían. Bori la buscó entre el correteo, pero no la vio. La hora del embarque se acercaba. Llegó la policía, se rumoreaba la muerte del Alfa, de Diente de Oro y los de la mesa VIP. Bori se retiró, cabizbajo.

Esa noche hizo frío en la yola. Cayó una lluvia fina parecida a la neblina sobre un mar manso. Cubierto con una sábana gruesa, a punto de salir, Bori vio las lentejuelas por la costa, y unos ojos verdes correr cubriéndose con un pedazo de cartón.

[Javier Lentino }

(**Buenos Aires, 1969**). **Escritor.** Ha colaborado en Vogue Hombre, El Mundo Américas, entre otros medios. Sus cuentos han sido publicados en las antologías *Don't Cry for me, América* (2020) y *Home in Florida: Latinx Writers and the Literature of Uprootedness* (2021). En 2021, Editorial Galerna publicó su primera novela, *Los Onetti.* Actualmente mantiene una web de cuentos, crónicas y relatos: www.javierlentino.com; y trabaja en *El Pupilo*, una novela serie de publicación mensual. Desde 2002 reside en los Estados Unidos.

IG: @javierlentino

Charito

Al poco tiempo de cumplir catorce, fuimos con unos amigos a debutar a un sauna que quedaba en la calle Campichuelo. Nos convenció Dieguito Baygorria durante el verano; tenía el dato porque ya había ido con un primo más grande. Nos dimos la mano, nos juramos discreción y fijamos la fecha para el último lunes antes de empezar las clases. Como no teníamos un mango, y no queríamos pedir para no levantar la perdiz, se nos ocurrió lavar coches ofreciendo el servicio por el barrio. Lavamos un montón durante dos semanas, hasta juntar lo necesario.

Con la guita repartida en partes iguales, nos tomamos el tren, vestidos de grandes, los cuatro con el mismo perfume y el pelo mojado. En casa dije que iba al cine con los pibes y unas chicas del colegio.

Dieguito viajaba sobrado, el codo en la ventana abierta, contestando preguntas y evacuando nuestras dudas de último momento. "Es como un club privado", decía mirando para afuera, mientras se acomodaba el pelo que no paraba de volarle en el viento. "Pagamos en la puerta y nos dan un llavero con fichas de colores. La ropa queda toda en un vestuario. Salimos en bolas, con la toalla atada alrededor de la cintura, directo al salón principal. Descalzos no, te dan ojotas. Cada ficha del llavero vale por una consumición. Jugamos al pool, se puede mirar la tele. ¿Qué partido, tarado? Películas porno pasan, sin sonido. No se ve un carajo, mucha luz roja y violeta, esa luz negra, como de bailar. Hay música, un bar y las minas están todas en bikini dando vueltas".

Nos bajamos en la estación Caballito a pleno sol. Apurando el paso, caminamos cuatro cuadras hasta el parque Rivadavia y lo cruzamos en diagonal. "Depende", seguía explicando Dieguito cuando ya estábamos por llegar. "Si no querés, no decís nada. ¡No te la tenés que levantar!"

Yo mismo toqué el timbre a las cinco en punto. Como no contestaba nadie, Dieguito tocó de nuevo y después golpeó. Se escucharon unos ladridos, un "ya va" desganado, un pasador, y la puerta doble crujió libre. Nos recibió un tipo con la camisa abierta, el poco pelo despeinado, en chinelas y un cigarrillo sin encender en la boca. A su lado, un perro de esos marrones de la calle, de patas cortas y orejas levantadas. Miraba interesado de un lado al otro, como si entendiera la conversación. "Pueden pasar", dijo el tipo al final y se peinó para atrás con una mano. "Tienen que esperar, las chicas recién llegan a las seis".

Los pibes entraron primero, a mí me retuvo el perro, que me olía, daba vueltas y no me dejaba pasar. "Charito", le gritó el pelado de lejos y los dos se perdieron por un pasillo. En menos de cinco minutos, salimos al salón vestidos de romanos. Nos resaltaban los dientes en la oscuridad, las toallas deshilachadas parecían nuevas bajo la luz negra. Las teles arriba de la barra ya pasaban las películas que había anticipado Dieguito. Empezaron a sonar los Bee Gees, giró la bola de espejos, cambiamos una ficha por un whiscola y nos pusimos a jugar al pool.

Bien seguros, con las minas encerradas en los televisores, jugamos la revancha. Otra ficha, otro whiscola, un brindis y más pool. Hasta que sentí un perfume que venía de atrás y una mano tibia me acarició la panza. Me di vuelta rápido, con el pito parado y la toalla a medio colgar. Me encontré con las tetas más grandes que había visto en mi vida. No vi nada más. Metí la cara ahí, en el medio, hasta sentir el calor intenso en las orejas, igual a ese que te dan las almohadas de cuello, las que la gente usa para dormir en los aviones.

La tipa bailaba o se movía. Y yo me movía también. Sentí los dedos, sus pulseras tintinear, las uñas largas enmarañarse en mi pelo mientras yo seguía ahí, agarrando una teta, después la otra, prendido como un ternero.

Me dejó un rato más, me separó con cuidado y me susurró en el oído: "Me llamo Marita." Me sacó del salón de la mano y agarró a la pasada mi llavero multicolor. Nos perdimos por otro pasillo hasta entrar en un cuarto chiquito, lleno de cortinas, más luces rojas, humo y olor a incienso. Me tiré boca arriba en una colchoneta sobre el piso alfombrado y ella se arrodilló a mi lado, soltándose el cordón de la bikini de un lado, hasta quedarse solo con una camisola de gasa, transparente y negra, como su pelo. No me acuerdo de su cara, guardo el perfume, el destello del *glitter*, su aliento a cigarrillo y alcohol, el tacto ininterrumpido, liso y sin marcas, ese de la piel que es joven.

Marita me acariciaba, me acercaba de nuevo las tetas. No me alcanzaban la lengua, las manos. Me faltaba el aire, me deshidrataba a medida que la sangre se concentraba en mi pito primerizo. Me lo veía enorme, más rojo que nunca; brillante, aceitado, a punto de reventar. "¡Qué lindo este panchito bien listo!", ronroneó con voz afónica y se lo metió en la boca. El calor se ahogó en su saliva, en sus manos que frotaban, que me tocaban por todos lados. Temblé de frío y me volvió el calor, hasta que abrí los ojos para intentar que todo durara un poco más. Me lo encontré a Charito mirándome de frente, moviendo la cola, jadeando con la lengua afuera. Su pito finito, goteaba, más parado y más brillante que el mío.

De golpe ya no sentí la lengua, se fue el calor, el frío, el temblor. Cedió la presión, la magia por completo. "¿Qué pasó? dijo Marita secándose la boca con el dorso de su mano ¿Te asustaste mi vida?". "El perro", alcancé a decir señalando al vacío, recostado sobre mis codos. La cortina se movía y Charito ya no estaba. "¿Qué perro? ¿Cuánto whisky tomaste?". La voz de Marita había vuelto a ser la de ella y ya se parecía bastante a la de mi maestra de historia de cuarto grado. "Si me ayudás, el panchito levanta", dije, y me reí. No había tiempo para chistes. "Hasta acá llegó mi alma, corazón", dijo Marita y se cerró la camisa por sobre sus tetas enormes. "Picá, pendejo. Tomatelás".

Con los cachetes colorados de bronca, encaré el pasillo. Pasé por dos, tres puertas, desorientado, hasta encontrar el vestuario. Sin ducharme, me vestí lo más rápido que pude. Gané la calle acomodándome la remera, chancleteando las zapatillas desatadas. No era de noche, aunque la tarde ya se cerraba rápido mostrando las primeras estrellas. Me quedé masticando angustia, apoyado contra un poste de luz. Después leí los carteles de la calle, fui hasta la parada del colectivo, hasta la esquina, a mirar discos por la vidriera de un negocio cerrado.

Esperé en el umbral de al lado, sin mucha noción del tiempo que faltaba para que salieran los demás. La puerta de madera crujió otra vez. El pelado lo sacaba a Charito a pasear, atado a una correa. Me paré rápido para esconderme en el rellano. Pasaron por adelante mío, camino de la esquina y, al percibir mi presencia, el perro amagó a acercarse. El viejo no me vio, lo enderezó de un tirón y se alejaron unos metros. Bajé el escalón, sigiloso, para darle un voleo al perro y salir corriendo. Se lo merecía, por hijo de puta, por cagarme la noche de esa manera. Me acerqué lo más que pude y tiré mi pierna para atrás con tanta fuerza, que me pisé los cordones en el intento y caí de culo en la vereda.

Me arrastré adolorido, como pude, al mismo umbral y creo que lloré de dolor, o de rabia, no sé. Al rato salieron los chicos abrazados, a pura carcajada. Me encontraron ahí sentado. Uno se acomodó junto a mí y me palmeó el muslo dos veces. Siguieron hablando de lo buena que estaba la brasileña, de las gemelas, de una tal Moira. "¡Qué linda la tetona tuya!", dijo Dieguito y todos asintieron al unísono. "¿Cómo se llamaba?". Me quedé pensando por un momento y los demás esperaron en silencio. "Charito", les dije seguro. "La mía se llamaba Charito".

[Eduardo Rubin }

(Buenos Aires, Argentina, 1962) Es psicólogo social y coach. Ha hecho su carrera en el ámbito de la publicidad y el *marketing*, y como fotógrafo ha exhibido su trabajo en Hong Kong, Beijing, Shanghái, Barcelona, New York, Miami y Buenos Aires. En 2011 publica su primer libro de fotografías de la serie *El Voyeur de la Ciudad*, dedicado a Barcelona. Luego siguieron Beijing, Praga, Roma, Estambul, Venecia, Marrakech, Berlín y *Eternal Diamond*, sobre el glaciar Perito Moreno. Su pasión por la redacción publicitaria fue mutando en escritura creativa en el taller literario coordinado por Hernán Vera Álvarez en Miami, desde 2017. Su cuento "Babelian" fue publicado en *Don't Cry for me, America* (ARS Communis, 2020). Su cuento "Isabel" fue publicado en *Vacaciones sin hotel* (Ediciones Aguamiel, 2021). Publicó su primer libro de cuentos cortos: "Manoseados - En El Mismo Lodo" (Editorial Sol62, 2023).

IG: @edurubin

Andrea

Andrea me penetró con la fuerza con la que sólo una mujer deses-perada podía hacerlo. Su lengua entró en mi boca sin permiso. Me sentí vulnerado. Estaba dispuesto a un beso en los labios, un pico… quizás hasta abrir un poco la boca como para respirarnos, pero fue su lengua quien estableció el orden. Ingresó abruptamente y me sometió a su requisa.

Una tarde de febrero llamó al teléfono de casa, donde yo vivía con mis padres. Arreglamos para la semana siguiente. Hacía dos años que no hablábamos. Ella había sido mi primera compañera de trabajo y congeniamos rápido. Unos años mayor y con gran experiencia laboral, era la *coequiper* perfecta para ese debut.

Eran las cuatro de la tarde cuando sonó el timbre, ansioso, que anunciaba su llegada. Nos dimos un larguísimo y hermoso abrazo que me hizo sentir muy bien a pesar del tiempo transcurrido. Tenía la mirada más profunda de lo que recordaba. Sus grandes ojos verdes observaban encantados y parecía más linda y decidida. Nos sentamos en la mesa de la cocina a tomar jugo para acallar el agobiante calor de Buenos Aires. Ella, agitada, se resguardaba de mi mirada mientras una gota de sudor se deslizaba por su cuello dentro de la blusa.

"Tengo algo para contarte", dijo casi de entrada. Eso estaba claro, pensé. Me confesó que hacía ya un año que se había separado de Mario, aquel muchacho que había sido mi contrincante. Ella me encantaba, aunque nunca hubo lugar siquiera para mi imaginación, ya que la relación entre ellos era muy fuerte y a mí me trataban como un hermanito menor. Recuerdo cuando Mario la iba a buscar al trabajo para ir al centro en su Peugeot 504 y me ofrecían acercarme a casa para que no viajara en tren. Entonces, sentado en el asiento trasero, miraba como ella le acariciaba la nuca.

"Te estoy trayendo la invitación a mi casamiento", dijo de pronto sacudiéndome de mis recuerdos. "Es que conocí a John, que trabaja para la embajada y quiere que nos casemos y nos vayamos a vivir a su ciudad. Me parece tan fabuloso que no me pude resistir".

Andrea estiró su mano con un sobre que tenía mi nombre. Supuse que era la invitación. La dejé en un costado y me quedé mirándola a los ojos. Me preguntó si podía pasar al baño y la acompañé hasta la puerta.

La escuché llorar. Le pregunté si necesitaba algo, pero ella abrió la puerta con urgencia y se me abalanzó. Me besó con una pasión inusitada y su lengua recorrió mi boca como un pez en un estanque que le ha quedado pequeño. Sorprendido, no supe cómo reaccionar. Ella me avanzó físicamente, yo retrocedí y fuimos entrando al cuarto de mis padres. Nunca había usado aquella cama y de súbito, sin que mediara palabra, ahora me desnudaba a los apurones, como si el mundo se fuera a acabar en unas horas y ella fuese la única persona que lo supiera. El sexo no fue bueno. Casi diría que no fue consentido. Su desesperación me dejó perplejo. No hubo espacio para el romanticismo y para que pudiese conocer en detalle aquel cuerpo que, en soledad, muchas veces había imaginado.

Y así como empezó, terminó de repente. Entonces pude ver sus tetas que tanto desvelo habían generado: ahí estaban para mí, por un instante, por un suspiro. Mientras, volvía a acomodarlas en su corpiño y yo pensaba que jamás las vería otra vez.

Se despidió con un beso que me dejó sin aire. "Te espero en la ceremonia… quiero verte ahí mientras doy consentimiento".

Esa tarde de febrero fue la última vez que la vi. Atrás habían quedado cientos de encuentros amistosos y de deseos no compartidos. Pero un día la había tenido para mí. Compulsivamente. En una cama que ni me pertenecía. Un capricho, el regalo de su despedida de soltera.

[Lissette Hernández]

Nació en Cuba. Escritora. Reside en Miami desde 2005 donde ejerce como enfermera. Es integrante del Taller de Escritura Creativa de Hernán Vera Álvarez. Uno de sus cuentos está incluido en *Vacaciones sin hotel. Antología de Autores del Sur de la Florida* (Ediciones Aguamiel, 2021), libro galardonado en los Florida Book Awards (2021).

IG: @lislibra1971

Tal vez al amanecer

"Siento el dolor profundo de tu partida. Y yo lloro, sin que tu sepas que el llanto mío, tiene lágrimas negras, tiene lágrimas negras, como mi vida".

—Miguel Matamoros

A fin de cuentas, de eso se trataba, de apartarse de la melancolía. Para lograrlo él tenía que salir a la calle; quedarse en casa no era el remedio, no era como tomar un jarabe para calmar la tos. Tenía que ir a batirse con la nostalgia y con el frío.

Esa noche se fue lejos, a un club de jazz ubicado en Cantalerjo. Al llegar, no había más de diez personas. Se instaló en uno de los laterales, poco iluminado, un escalón más elevado que el salón principal. Desde allí escuchaba bien la música y el mozo podía ver sus señas. Ya nadie iba a pasar por detrás de él, nadie chocaría su silla sin querer, para luego disculparse. ¡Esta vez no!

A la batería le siguió el bajo eléctrico, luego el teclado, la trompeta, los sonidos se mezclaron y la canción terminó con el saxofón, su instrumento preferido. En ese instante, justo antes del próximo tema, escuchó el murmullo de las conversaciones, todas las mesas del sótano estaban ocupadas. Cuando el mozo trajo el segundo *whisky*, ya el saco colgaba del espaldar de su asiento.

Se quedaría hasta que cerraran el club. Estaba a gusto en la oscuridad de su rincón, envuelto en humo, música y alcohol; como una oruga dentro de su capullo, pensó. Así mismo se sentiría antes de romper su envoltura, antes de colgarse, antes de desplegar las alas, antes de volar.

No vio venir a una trigueña bien maquillada, en un vestido largo verde esmeralda, quien seguramente llegó a su mesa dando tumbos porque se abalanzó sobre él, chocó con su silla, y después de un giro, cayó sentada en el asiento desocupado a su lado. Disculpe, señor, dijo en un susurro enredado.

Él pidió otro *whisky*, sería el último, no quería hacer un papelazo igual al de esa mujer, que apenas podía sostenerse. Alcohólica o drogadicta, pensó. Alguien vendría por ella, mientras tanto, clavó los ojos en su escote. No quería disimular mirando a otro lado, le atraía esa zanja entre sus pechos apretados, ahí donde terminaba la cadenita. Pasados unos minutos, nadie se había ocupado de ella. Recogió el saco como para marcharse y le preguntó si había un lugar adonde llevarla, pero ella negó con la cabeza. Ya había decidido que no la dejaría sola: puso el saco sobre sus hombros, logró incorporarla y la tomó por la cintura. La mujer se dejó guiar, caminaron juntos al mismo paso.

Llevaba varios meses solo. Ahora le resultaba raro tener a una desconocida en su departamento. Empezó a cuestionarse, pero igual, alcohólica o drogadicta, no merecía andar tirada por ahí. Un buen revolcón era lo que necesitaba, pero no así, tal vez al amanecer, cuando a ella se le hubiera pasado la borrachera.

Desde el sofá, sin decir palabra, la mujer examinaba cada rincón del *living*: el bar, las plantas, los libros, las fotos. Él fue por un trago. Al regresar, algo en ella había cambiado: sus mejillas se encendieron, se le hinchó la nariz, y casi se le salían los ojos de las órbitas. ¿Qué mierda le pasaba? ¿Qué la hizo ponerse así?

Ella le pidió un trago, él dudó en servirlo; sabía que no era buena idea, pero tampoco tenía sentido decirle que no. Sírveme un trago, insistió la mujer. Él demoró en levantarse, y a ella le tomó un segundo estrellar su vaso contra las fotos que colgaban de la pared. "Eres una puta histérica", le gritó. Luego de forcejear la arrastró hasta el baño, y logró meterla en la ducha. Ya debajo del agua, ella no se resistió más. Apenas rozando su piel, él consiguió sacarle el vestido.

Ahora el rostro de ella vuelve a ser como era antes. Él sigue ahí parado, la mujer lo mira, mientras unas lágrimas negras corren por su cara. Los tatuajes quedan al descubierto. Tiene el cuerpo lleno de moretones: amarillentos, verdosos, azulados. Marcas de quemaduras por cigarrillos, nuevas y viejas cubren su espalda. Eran los mismos tatuajes que él había visto en su madre.

[Norman Gimenez]

Nació en Mendoza, Argentina, en 1979. El gusto por la literatura lo tomó cautivo desde su adolescencia, época desde la que paradójicamente desarrolló el síndrome de Estocolmo literario, y comenzó a escribir. Aún no ha sido liberado.

IG: @normangimenez

De gira

La historia comienza el viernes en la tarde. Tenía tres compromisos: el primero era juntarme con Pablo al salir del trabajo, a eso de las siete; luego iría al café Soul donde Seba Rivas hacía su muestra anual de alumnos, el "Guitar Day", que empezaba a las once de la noche, y al salir del Soul me encontraría con un grupo de amigos en algún bar, a confirmar.

El fin de semana siempre pasaba algo, o tenía que pasar, así que la fija era hacer planes al respecto. Si no había un viaje o una escapada a la montaña, quedarse en la ciudad era andar de gira. Cruzaba por esa etapa final de mis veinte donde aún estaba abierto a cuanta experiencia llegara a mi encuentro. El alcohol y las drogas de fin de semana eran una constante; aunque muchas veces las giras empezaban el jueves, y si no hubiera sido por el trabajo se habrían extendido toda la semana.

***

Salí a las seis. Aún estaba a tiempo para ir a casa antes de ver a Pablo. El trabajo era bastante estresante porque tenía que atender llamados de emergencias y mandar ambulancias de un lugar a otro.

Trabajaba muchas horas. Por eso, subir a mi moto enduro al final de la jornada, sentir el viento en la cara y escapar de la zona roja era lo mejor. Vivía arriba de esa moto. La usaba para todo, para subir a la montaña y meterme entre las huellas, o andar en la ciudad. Tenía cubiertas especiales para enduro, con tacos grandes que hacían que la moto trepara con facilidad por donde sea que anduviera. El problema era que en el asfalto no se agarraban y a veces la moto se deslizaba cuando frenaba, por eso tenía que andar con cuidado. Había cubiertas enduro-calle, pero no me gustaban, porque andaban muy bien en la ciudad, pero en la montaña me quedaba corto. Prefería usarlas con tacos, aunque el asfalto las gastara con facilidad y tuviera que cambiarlas con frecuencia, eso no era un problema.

***

Llegué a casa, me di un baño y fui al encuentro con Pablo en el *minimarket* de la estación de servicio donde quedábamos siempre. No nos veíamos muy seguido: dos o tres veces al año. Habíamos ido juntos a la escuela primaria y eso de que él pasara por mi casa, o yo por la suya, no lo hacíamos desde la adolescencia. Teníamos la costumbre de encontrarnos para beber. Ahora hace mucho tiempo que no tengo noticias de él.

Pablo ya estaba allí, y lo acompañaba un flaco que vi en otra oportunidad, un tipo hincha del Boli, del Club Atlético Argentino, y tenían una cerveza de litro sobre la mesa. En el *minimarket* había un pequeño restaurante donde pasaban partidos de fútbol, y para lo único que se acercaba la mesera era para recoger los vasos y limpiar la mesa cuando la gente se iba. Saludé con un abrazo y compré otra antes de sentarme. Hablamos de fútbol, de mujeres y de los amigos de la escuela. Comenté que estaba sin banda y que el laburo me tenía cansado. No esperé a que Pablo hablara del trabajo, pero esa vez lo noté más sincero, dijo que seguiría viviendo en casa de sus viejos hasta finalizar la tecnicatura en seguridad industrial, en la facultad. Estuvimos ahí como dos horas y los invité al "Guitar Day", pero consideraban otros planes.

Antes de volver a casa llamé a Lorena. Me dijo: "Esta noche salgo a bailar con mis amigas. Vamos a hacer la previa en El Juguete Rabioso. Te veo ahí".

***

Me quedé dormido en el sillón de casa y cuando desperté eran más de las once. Salí sin apuro y hacía mucho calor. La siesta nocturna me había venido bárbaro, y no tardé en subir a mi moto para ir a despejar el estrés.

Cuando entré al Soul un tipo en el escenario tocaba "A night to remember" de Andy Timmons. Caminé entre la gente con dificultad y me acerqué a un rincón de la barra para pedir una cerveza. Los músicos subían al escenario y Seba los presentaba. Algunos tocaban con pistas de acompañamiento y otros llevaban su banda. Había de todo: músicos principiantes y avanzados. Al terminar la muestra de alumnos, Seba abriría la *jam session*. Uno de los invitados para eso era Felipe Staiti de Los Enanitos, y Valentín Cora, amigos de Seba. Afuera llovía muy fuerte, pero era verano, así que al rato paró y el cielo se despejó.

Antes de irme, me acerqué a saludar a Seba. "Te veo el martes", me dijo. Iba a retomar las clases de armonía.

Sacudí el agua del asiento y me subí. Iba despacio, por lo de las cubiertas; el asfalto aún estaba mojado. No me quedé a la zapada porque tenía que ver a Lorena en el Juguete y la previa terminaba a la una; luego de eso se hacía tarde para los boliches. Esa era la costumbre de los que iban a bailar: previa en algún bar hasta la una, y después al boliche. Otros nos quedábamos en el bar toda la noche.

***

El Juguete Rabioso quedaba en una esquina y tenía mesas en la vereda, con un mural grande de He Man y Mazinger Z. En las paredes, forradas con hojas del libro "El juguete rabioso", de Roberto Arlt, había estantes con juegos de mesa y mazos de cartas. Podías pedir algún libro para leer, pero no lo hacía nadie. Vi a Lorena sentada afuera con Anita, y tenía puesto el arete de plumas que le regalé. Yo no quería ir a bailar, la idea era quedarme a beber con mis amigos en el bar Hurlingam. Ella pensaba lo mismo, ya me había dicho que salía a bailar con sus amigas, pero insistí.

—¿Vamos a dar una vuelta por ahí?

—No —dijo Anita —nosotras nos vamos a bailar.

—Lore, podemos llevar a esta niña con nosotros, no hay problema.

—Yo no voy con vos a ningún lugar —dijo Anita.

—Te dije que esta noche salgo con las chicas, no seas malo.

—Tiene que ser hoy, mañana va a ser tarde —insistí.

—No va a ser tarde. Mañana nos vemos.

—¿Más tarde, entonces?

—¡Te está diciendo que no, que va a ir a bailar!

—Anita, ¿por qué no vas adentro, pedís una Barbie y te tiras en algún rincón?

—Voy al baño —dijo Anita, con cara de asco.

—Ya nos vienen a buscar las chicas. Vení conmigo —propuso Lorena.

—¿Es en ese lugar donde hay que ir de zapatos?

—No hay que ir de zapatos. Así estás bien.

—Nos vemos al rato, llámame y te paso a buscar.

—No, vuelvo con las chicas. Mañana hablamos y vamos a algún lugar.

Nos dimos unos besos hasta que volvió Anita.

***

Al Hurlingam habían llegado los amigos. Alrededor de una mesita fumaban y tomaban cerveza. Ahí estuvimos toda la noche, escuchando La Renga, Divididos, Sumo, Los Piojos, y nos turnábamos de a tres o cuatro para no levantar sospechas y salir a fumar flores en la esquina. A veces alguien llevaba ácido, pero esa vez no. Esa vez subí con unos tiros, luego bajé con unas flores, y seguí bebiendo hasta las cinco o seis. Lo último era la charla en la vereda, una especie de ritual de todas las juntadas.

—¿Te vas así en moto? —preguntó Tuchi, que era el único que no se alcoholizaba.

—Estoy bien.

—Yo me llevo la moto —insistió.

—No pasa nada.

Quería ir a buscar a Lorena, pero no contestó mis llamadas.

Recuerdo el viento en la cara y luego despertar a los tres días junto a una enfermera en una cama del Hospital Central, que me decía que no me moviera, por las fracturas, y después pedirle mi celular y llamar a Lorena.

—Estoy en el hospital —le dije.

—Ya lo sé.

—¿Viniste?

—A mí no me gustan los hospitales.

—A mí tampoco.

—Va a ser mejor que ya no me llames —me dijo y colgó.

[Daniel Reschigna]

Buenos Aires, 1970. Autor de canciones y relatos. Sus composiciones han sido grabadas por Soledad, Flor Paz, Natalie Pérez, Kany García, Los Claxons, Abel Pintos y Vicki Bernardi, entre otros. Ha sido publicado en las antologías *Vacaciones sin hotel* (Edic. Aguamiel/2021), *Home in Florida: Latinx Writers and the Literature of Uprootedness* (University of Florida Press/2021) y en *Hilo, Papel & Tijera* (Orsai/2022).

blogdedito.medium.com

Jeff Beck

Para el genio de Marcelo.

Yo quería saber lo que se sentía. Cómo había que poner los labios. Cómo era el asunto ese de la lengua. Tener esa experiencia. Un par de besos y chau. Pero el plan se complicó y con Mariela fuimos novios por un año.

Recién empezaba la secundaria. Se sentaba justo delante mío. Además de alta, tenía una nariz grande y huesuda como la mía. Lo que no tenía era un gran sentido del humor. Es más, se reía poco y, cuando lo hacía, era como si se arrepintiera. Cuando me enteré de que yo le gustaba, no lo pensé dos veces.

Los domingos caminábamos por el centro. Estaba todo cerrado, excepto alguna que otra heladería, un cine y no mucho más. Íbamos de la mano, charlando, mirando vidrieras. Me acuerdo de unos botines Puma, de una *Stratocaster* negra que me volvía loco, de un póster de Kiss enorme, de una doble casetera importada. Nos sobraba el tiempo, observábamos todo. También me acuerdo de un local con productos para policías: bastones, esposas, borcegos, gorras, gases pimienta y hasta un maniquí vestido de azul.

Con la excusa del cansancio, nos sentábamos en alguna plaza y ahí arrancaba el laburo de hormiga. Seis meses después, Mariela se decidió a darme un beso. Abrió su boca grande, envolvió la mía y yo me entregué. Me quedaba como anestesiado. Semanas más tarde pude meter lengua, pero ella se resistía y se armaba algo así como una batalla de babosas. A veces nos chocábamos los dientes y nos lastimábamos.

—La próxima te muerdo —me decía.

Al final, yo terminaba agotado, con los pies rotos, la boca roja y el pito duro.

—¿Qué te pasó? —me preguntaban cuando llegaba a casa.

***

Además de vernos seis días por semana, hablábamos por teléfono todas las noches. Como se agotaban los temas, gran parte de la llamada era puro silencio. Si le sugería cortar, me reprochaba con un "ah, ves, no me querés".

Un día llamaba uno, al día siguiente llamaba el otro. Tres seis uno seis tres uno nueve.

—Hola, qué tal, Daniel habla. ¿Estaría Mariela?

—Claro, ¿cómo estás, Daniel? esperá que te la llamo.

La vieja me quería, era buena onda. Al viejo me lo crucé poco. Lo único que me acuerdo es que tenía un bigote espeso y ya.

***

Una tarde en los Bosques de Palermo, Mariela bajó la guardia y yo le subí el pullover. Después de tremendo acontecimiento, hice cuentas de los meses que me tomaría pasar al siguiente nivel y ahí fue cuando decidí que no la quería más, o que nunca la había querido.

Intenté dejarla muchas veces. Yo le decía que basta, que cortemos, pero ella no me dejaba dejarla. Me empecé a sentir un poco como el maniquí policía, atrapado y con la autoestima por el piso. Llegaba el domingo y otra vez de la mano por la ciudad, solo que yo ya no quería ni tetas, ni vidrieras.

***

Más adelante vino con la idea de que en el verano planeaba ir al cine con un tal Marcelo. "¿Qué Marcelo ni Marcelo? ¡se acabó!", le dije, y por primera vez su carita transmitió ternura. Me llamó toda la semana. Aparecían papelitos en el pupitre. *Marcelo cancelado, te quiero*. Me daba lástima, pero yo me escapaba con los pibes para evitarme el suplicio.

***

No me dolió la separación, aunque me pareció novedosa la idea de sufrir por una mujer.

Me encerraba en la habitación y practicaba bajonearme escuchando baladas. Lloraba tanto que casi me creía la tristeza. El tema que más me pegaba era uno de Mick Jagger. *Hard woman*. La letra le quedaba pintada a la historia. En el medio, Jeff Beck hacía un solo que duraba diez segundos. Diez segundos nada más, pero se te clavaba en el pecho.

Yo cerraba los ojos y hacía el esfuerzo para recordar lo bueno de la relación: las caminatas, las vidrieras, la *Stratocaster*. Terminaba la canción y la volvía a escuchar, y otra vez, y otra vez. Ahora creo que lo que me hacía llorar era el sonido de esa guitarra. La canción era medio mala, pero yo asociaba el lirismo de la viola con una especie de esperanza. Me hacía el dramático y pensaba que la opción era Jeff Beck, o Mariela.

El solo me lo sabía de memoria. Como todavía no tocaba guitarra, movía los dedos en el aire y cantaba cada una de las notas con sus inflexiones. Tararear y lagrimear al mismo tiempo era imposible, así que de a poco se me fue pasando y, cuando me quise acordar, el asunto ése se me fue.

[María Alecia Izturriaga]

(Valencia, Venezuela, 1964). Comunicadora social, productora de radio, cine y televisión, locutora. Fue editora de la revista de Unicef - Venezuela Infancia inversión a futuro. Por dos años escribió la columna "Crónicas de inmigrantes" en el periódico El Venezolano. Fue editora de la página It's In Miami y coordinadora editorial de Inspirulina. com. En 2006, fue seleccionada para participar en el Taller de escritores de telenovelas de Telemundo junto al Miami-Dade College. Desde 2020 ha participado en los Talleres de escritura creativa de Fedosy Santaella y forma parte del taller de Escritura creativa de Hernán Vera Álvarez en Miami. Ha publicado *Celebraciones: en casa con las estrellas* (Atria Books, 2007) y tres de sus cuentos aparecen en la antología *No estamos tan locos como la gente dice* (Oscar Todtmann Editores, 2022).

IG: @marialecia

Pequeño detalle

Perfectamente vestida, maquillada y perfumada, Mimí esperaba a Jaime en el *lobby* del teatro. La puntualidad era una de las cualidades que ella apreciaba en él, pero ese día, una tormenta inesperada y la falta de valet parking, complicó todo. Aún faltaban 15 minutos para que comenzara la función, pero ya Mimí estaba molesta. Era poco tiempo para pasear por los pasillos, saludar, ver a los otros, dejarse ver, sonreír, posar para las fotos, tomarse un trago y finalmente, sin prisa plebeya, dirigirse a sus asientos. Con la llegada de Jaime, Mimí sintió que el malhumor comenzaba a disiparse. Esbozó una sonrisa de alivio y lo examinó a la distancia asegurándose de que ambos estaban en perfectas condiciones para el desfile. Ya en sus asientos, Mimí se percató de un detalle que le amargó la noche.

—Por favor, Mimí ¿quién más se va a dar cuenta? Fue por el apuro.

—Por el apuro, no. Por desordenado y por falta de interés.

Desde joven, Mimí soñaba con su pareja ideal. Alguien detallista, que la admirara y la tratara como ella pensaba que lo merecía. Estaba segura de que en algún momento ese hombre aparecería para formar un hogar perfecto. Por eso, cuando conoció a Mario, su primer marido, pensó que había alcanzado su sueño anhelado.

Antes de los dos años, los constantes viajes y las largas horas de trabajo de Mario comenzaron a desgastar la relación. Mimí pensaba que las atenciones de su pareja no eran suficientes y que, ni la casa decorada a su medida, ni las compras, ni las fiestas de lujo a las que asistían, le llenaban el vacío que sentía. No era el hombre perfecto que ella había soñado. La amaba, de eso no había dudas, pero no la satisfacía.

Con Alejandro, el profesor de pilates, fue diferente. A él lo conoció en el gimnasio y un día las clases se tornaron en encuentros eróticos. Él sí, le dedicaba tiempo, hacían deportes al aire libre, escuchaba sus reflexiones, reía con sus ocurrencias, cocinaba y le hacía el amor como si fuera el último día de su vida. Nunca había disfrutado tanto el sexo. Por primera vez se sentía una diosa a la que le rendía honores en cada orgasmo. Ale, era su amante, su refugio, su fuente de energía, pero cuando intentaba imaginarse una vida con él, sentía que no la representaba, que no era alguien con quien quería ser vista en público. En menos de un año se aburrió de los encuentros clandestinos y dejó de ir al gimnasio, lo bloqueó en las redes y borró su contacto.

Samuel, en cambio, sí era un hombre de mundo, intelectual, amante de la buena lectura y de la buena mesa. Se conocieron en un reencuentro de compañeros de universidad de Mario. Mimí pasó casi toda la noche al lado de su marido, pero eso no evitó que captara la atención de Samuel que acababa de regresar al país, soltero y sin compromiso. Se volvieron a ver varias veces en reuniones del grupo, hasta que un día Samuel se atrevió a conversar con ella a solas y al poco tiempo la invitó a salir. Mimí quedó deslumbrada por su elocuencia y su empatía. No solo la entretenía, sino que le prestaba el hombro para que llorara por el desastre de su matrimonio. Por él sí se sentía capaz de separarse de su marido. La relación, que hicieron pública unos meses después de que Mimí se divorciara, parecía ir viento en popa, hasta el día en que Samuel le confesó que soñaba con tener muchos hijos. Fue justo el día cuando visitaron a su hermana, que los recibió en bata de casa, despeinada y con ojeras. Los tres hijos saltaban por la casa y la conversación giró todo el tiempo alrededor de ellos. Entonces dejó de atraerle la idea y también Samuel.

Con Jaime fue amor a primera vista. Era un hombre alto, atlético, con porte de modelo y una sonrisa contagiosa. Por donde pasaba, atraía las miradas, pero sus ojos estaban puestos en Mimí y eso la hacía feliz. Ambos estudiaban en la Alianza Francesa y muy pronto descubrieron que estaban hechos el uno para el otro. Compartían el gusto por la música, la complacía en todos sus caprichos, se fijaba en cualquier pequeño cambio en su apariencia y la elogiaba en público cada vez que salían. Trabajaba por su cuenta, por lo que podía organizar su agenda alrededor de los planes de pareja. En la cama superaba con creces a Alejandro, la paternidad no era algo que le preocupara. Todo indicaba que, por fin, había encontrado a su hombre ideal. Lástima que un día se puso una media negra y otra azul marino.

[Ivón Osorio Gallimore]

Nació en El Cerro, Ciudad de la Habana, Cuba.
Escritora, poeta, guionista, directora y productora
de programas de radio. Ha publicado dos poemarios y participado en varias antologías,
entre las que se encuentran *Escritorxs Salvajes*
(Hypermedia, 2019), *La Habana convida* y *Miami,
mi rincón querido* (Editorial Primigenios, 2019,
2020), *Inficciones* y *Vacaciones sin hotel* (Ediciones Aguamiel, 2020, 2021), *Con la urgencia del
instant*e (Ars Communis, 2023). Vive en Miami
y trabaja en farmacia mientras termina de escribir
tres proyectos literarios: *Calle Patria* y *Efectos
secundarios*, dos libros de cuentos y *Las hijas de las
aguas*, novela autobiográfica en la que describe el
desmoronamiento de una sociedad a través de lo
que le sucede a su familia. Un fragmento de ésta
aparece en Antología *#NiLocasNiSolas* (El Beisman, 2023). Lo que plasma en papel, es a modo
de terapia y para vencer al olvido.

IG: @ivon.osorio.73

La Casa de las Novias

Yo tenía diez años y él once. Pese a la edad, decidimos casarnos. Mi madre no estuvo de acuerdo, pero aun así, bajé los escalones de dos en dos y en lo de Tito ya me esperaban.

Enseguida pasamos a la habitación que, antes del 59, había sido el taller de costura. Laura me ayudó a vestir. Escogimos un traje de marfil blanco, no sabíamos qué color era ése, pero los adultos lo decían mucho. Más de la mitad de la tela caía por el piso. Cerca del armario vimos unos zapatos de charol con tacón alto, y me los puse. Uno solo hubiera bastado para mis pies y quedaba espacio. Laura había traído algunos cosméticos que encontró en una caja de juguetes.

Del brazo del amigo que hacía de mi padre, y que lucía un bigote de cartón más grande que el ancho de su cara, caminé hasta el altar improvisado en el patio. Nos detuvimos del lado izquierdo del enorme arco con flores de papel, rosadas y amarillas, que sacamos de detrás del vestidor. El novio me esperaba con una gran sonrisa que el sol se encargó de hacerla brillar cuando la luz chocó con los aparatos de sus dientes. El primo de Laura que vivía en el municipio Cotorro y estaba de visita en el barrio, sin capa, sin estola, y a regañadientes, nos bendijo. Dimos el sí, e intercambiamos los anillos de alambre que Tito, como padrino, nos había entregado. Al terminar lancé un ramo de Mar Pacífico que Laura agarró.

El novio y yo nos agarramos de las manos y comenzamos a dar vueltas con los brazos extendidos. A la mañana siguiente me tocaría ser la amiga de Laura y él sería el padrino de Tito.

Cuando regresé a casa mi madre me regañó por bajar y subir corriendo las escaleras.

[Dalila López]

Nació en Venezuela y reside en Miami desde 1994. Es graduada de abogado de la Universidad Central de Venezuela y tiene un Máster en Periodismo Investigativo de Florida International University. Fue finalista del concurso *Cuentomanía* con su relato de suspenso *Una sorpresa para Mercedes* (2020). Forma parte del Taller de Escritura Creativa de Hernán Vera Álvarez. Como escritora busca escudriñar en la psiquis, el ser interno y nuestra mortalidad a fin de crear historias con mensajes positivos y aportar un mayor conocimiento sobre quiénes somos.

IG: @arislopez2552

Giros

Constanza perdió la cuenta de las veces que, en sueños, ponía fin a su matrimonio. Llevaba veinte años de casada.

Conoció al amor de su vida cuando ya casi pensaba que se iba a quedar soltera, porque según ella, "si no conseguía un buen hombre no se casaría nunca y prefería quedarse sola".

Fue cuando ya estaba a punto de perder las esperanzas que conoció a Enrique, un hombre responsable, "fiel" como todos los hombres, de buenos sentimientos, profesional y buen amante: "muy importante", y se casaron jurándose amor eterno.

Tuvieron un solo hijo: Pedro.

Eran felices, aunque el dinero escaseaba, y así pasaron los años.

Sin embargo, Constanza comenzó a sentir que algo faltaba en la relación, no estaba del todo satisfecha. En verdad no lograba encontrar la causa, porque entre el trabajo, criar a su hijo y apoyar a su esposo para que lograse ser exitoso, no le quedaba mucho tiempo para pensar en una posible respuesta.

Transcurrió el tiempo y el vacío cobró más fuerza. Algunas noches se culpaba a sí misma, al pensar que el problema estaba dentro de ella y así lo creyó por muchos meses, pero comenzó a sentir que quizá el problema no estaba en ella, sino que podía ser él.

Quería hablar con alguien, pero no lo hizo por desconfiada. Odiaba que la influyeran y, en fin, le gustaba tomar sus propias decisiones. Decidió viajar sola a la casa de campo que tenía su hermana. Por unas semanas nadie la visitaría, así que tendría la oportunidad de tomarse un respiro entre tantos quehaceres domésticos, y pensar en calma y meditar sobre el asunto, pues sentía que la vida moderna le robaba reflexión a cambio de una rutina vacía.

Durante las semanas que permaneció a solas analizó su vida, cómo era la dinámica matrimonial y concibió un plan para descubrir lo que pasaba en su relación. Ese plan fue sencillo.

***

Lo primero que hizo fue intentar moderar su personalidad bulliciosa, porque ella era arrebatada, distraída, tendía a hablar demasiado, siempre se adelantaba, tomaba todas las decisiones y nada sucedía en la casa si ella no tomaba la iniciativa. Fue difícil, porque era dejar de ser ella misma.

También decidió permitir que todo sucediera en la vida de su esposo sin que ella tuviera la menor influencia en sus decisiones. Algo así como dejar de ser esposa.

Observó, observó y observó por un año entero a ver qué había del otro lado.

Con el cambio de actitud, lo primero que logró fue un descanso mental enorme. Se dio cuenta de que querer controlarlo todo era un desgaste de energía y tiempo. De este modo, la primera beneficiada con su plan, fue ella misma. También descubrió que su esposo no ponía mucho de su parte en la relación, siempre estaba ocupado con su trabajo, su propio horario, lo demás no existía. Su esposo era un individualista.

También notó que era celoso, posesivo e inseguro, que temía perderla y, por lo tanto, en vez de contribuir a su progreso, la atrasaba. Ella, al contrario, lo apoyaba, lo motivaba y solo quería su éxito.

Estas conclusiones la condujeron a tomar una decisión drástica, aunque saludable: lo aceptaba tal cual era, con sus defectos y virtudes, o decidía terminar el matrimonio. Finalmente, una noche supo la respuesta. Los sueños, sin embargo, continuaron.

[Alicia Monsalve]

(Valencia, Venezuela, 1965) Periodista (UCAB 87). Dirige Ediciones Aguamiel y el laboratorio de escritura *El libro que hay en ti*. Comenzó su carrera en Radio Caracas Televisión, seguiría en radio, publicidad y periódicos. En 1996, junto a su esposo, Edgardo Ochoa, funda en Los Ángeles, el periódico *Al Borde*. Desde 2014 radica en Miami. Miembro del taller de narrativa dirigido por Hernán Vera Álvarez desde 2016. Ha publicado el cuento ilustrado *Era tan pequeño mi elefante* (2020) y la antología *Inficciones, relatos de escritoras en confinamiento* (2020) —Mención Honorífica ILBA 2021—. Ha sido finalista en *Cuentomanía (2019)* y ha participado en las antologías: *Cuentos que son una nota* (LNL, 2018), *Cuentos con sabor latino* (LNL, 2019), *Vacaciones sin hotel* (Ediciones Aguamiel, 2021) —Florida Book Awards, 2021—, *Con la urgencia del instante. Antología de microrrelatos en español* (Ars Communis, 2023) y *#NiLocasNiSolas* (ElBeiSMan, 2023).

X | IG: @AliciaMonsalveF

No cierres los ojos

Bertha apaga la computadora y pone a cargar el celular antes de ir a dormir. Todavía le falta aplicar las cremas, cepillarse los dientes y activar el aparato de respiración que le han indicado para la apnea nocturna. A su edad, no es común experimentar estos trastornos del sueño, pero ella no solo los sufre, sino que los lapsos son prolongados.

Casi todas las noches se despierta a gritos, con el corazón latiendo a mil. Siente que cae al vacío y está a punto de asfixiarse. Amanece cansada y después de un estudio de sueño, los doctores han dicho que su caso es muy grave y peculiar. Podría quedarse muerta en cualquier momento, porque deja de respirar por largos periodos sin motivo aparente.

Los exámenes no han logrado encontrar la causa, así que además de acostarse con el dispositivo CPAP, está en terapia. Acude a la consulta una vez por semana y, después de llamar a dar las buenas noches a sus padres, conversa a diario con su analista. Es casi siempre lo último que hace antes de dormir, y debe llamarla cerca de las nueve. Además de interrogarla, insiste en que debe irse a la cama temprano, apagar todas las luces, e ir preparando el terreno con rutinas indicadas para obtener una noche plácida.

No sabe qué es peor, si despertar sofocada y alucinando, o tener que contar sus intimidades a la psicóloga, quien parece no asombrarse por nada y pregunta lo que ella no quiere decir (a nadie). A veces le inventa historias para parecer más interesante.

No ha tenido mucha experiencia en el amor como para tener que desembarazarse de traumas y relaciones terribles (eso cree), aunque la máquina es un impedimento para lograr algo estable. Desde que la usa se ha hecho más difícil lograr compenetrarse. Hubo un chico que estuvo a punto de vivir con ella. Hacían el amor cuidando de no quedarse dormidos después de extinguir sus deseos. Él se quedaba hasta el amanecer contemplándola y se iba a trabajar casi sonámbulo. Un día ella le pidió que durmieran juntos. Él le dijo que no le gustaría despertarse con un cadáver, y no lo volvió a ver.

Aparte de ese episodio, que la ha hecho llorar por meses, Bertha no recuerda ningún hecho que pudiera causarle ansiedad. Tuvo una niñez normal, con padres divorciados, pero que la cuidaron y atendieron sus mínimas necesidades. Su trabajo le permite muchas horas de placidez en la quietud de los libros. (La verdad es que dormita entre los anaqueles para que nadie note que arrastra su somnolencia a todas partes, agotada de su lucha con la falta o exceso de sueño. Teme dormir, le aterra dejar de respirar).

Lo que más le preocupa es que, a pesar de su dolencia, se siente dueña de sí misma, sin complejos, sin graves problemas, sin nadie que la haga salir de sus casillas, excepto ella misma (no se soporta). El porqué, no lo sabe, ni se lo cuenta a nadie, pero discute mirándose en el espejo y se juzga como no lo hace con ninguna otra persona. Lo peor es que esa voz interna y despiadada, sabe todos sus puntos débiles (y los explota), sus miedos, deseos, su pequeñas perversiones secretas, así que es dura y perniciosa al identificar sus errores y por eso no encuentra sosiego, ni puede permitirse alguna banalidad. Cualquiera podría darse cuenta de su verdadero yo, escondido detrás de sus bostezos y apariencia tímida. La voz (esa misma voz que no la deja dormir) se hace cada vez más inquisidora y no deja de zumbarle en el oído.

Quizás por eso esta noche se hace más incómoda la llamada de su terapeuta. Bertha le cuenta de su nueva afición por hacer listas de canciones para cada libro que lee. Al escucharlas, es como si reviviera las historias sin tener que volver a leerlas. Eso le divierte y le arranca sonrisas, la mantiene despierta durante sus largas horas en la biblioteca, pero después de confesar ese simple placer estético, el comentario de la terapeuta la hace vacilar. Ha notado que todas las canciones que menciona son tristes y tienen en común que son pequeñas historias de amor. Bertha enmudece. La psicóloga le pregunta por qué calla, y algo le dice que debe dejar la conversación hasta allí. Ella sabe hasta adónde quiere llegar con sus tácticas, pero no está dispuesta a complacerla. "Quizás aún estás...", y la terapeuta se queda hablando sola al otro lado de la línea.

Después ignora las llamadas de su madre y más tarde las de su padre, que insiste varias veces, sin suerte. Esta noche no ha querido llamarlos. Luego, corta rápidamente a su amiga Norah, que trata de llevarla a una cita a ciegas con un amigo de su novio el próximo viernes.

Se pone una pijama larga con vuelos, y coloca el vaso de agua en la mesita de noche. Se siente tan cansada que casi se olvida de ponerse la máscara. El agotamiento la ha llevado a una especie de éxtasis. En pocos minutos, la máquina le ayuda a acompasar su respiración, siente que sus vías se expanden, sus pensamientos ahora pasan en rápida sucesión. Entre dormida y despierta, se siente más sincera consigo que de costumbre.

Al fin ha llegado a la conclusión de la hipótesis que le daba vueltas en la cabeza. Ya no sabe si lo ha pensado o lo ha soñado: Ella no está a la altura de su propia circunstancia. La verdad es que su más grande amor le impide vivir porque es muy exigente (ella misma). Es intolerable continuar así (dice la voz), por lo tanto, debe eliminarlo a como dé lugar.

Al sentarse en la cama encuentra su rostro reflejado en el vidrio del retrato de sus padres. Los ve sonrientes, en la playa, con ella en brazos y vistiendo un bañador que le queda dos tallas más grandes. Siempre tuvieron muchas esperanzas en su futuro. Bertha observa detenidamente su propio rostro, desfigurado por el vidrio cóncavo del porta-retratos.

—Te dije que lo más difícil no sería decir "sí", sino decir "no". Este tipo de amores es el más terco, el más inhumano, el más cruel. Sin embargo, es el único que te va a durar toda la vida —le increpa su imagen reflejada sin mover los labios.

Bertha voltea los ojos en actitud desafiante y baja el retrato de un manotazo, después apaga la luz y se concentra en sus respiraciones. Comienza a sentir que una nebulosa la eleva sobre la cama, y escucha la voz reverberando en mitad del sueño.

—No, no es el amor de madre. Ese perdona, éste, no.

Cuando ya parecía haberse rendido al sueño, se levanta, sonámbula y descalza. Ni siquiera la frialdad del suelo interrumpe la profundidad de su estado. A tientas, sigue el recorrido del cable de la unidad de oxígeno y, al llegar a la pared, lo palpa. Está ahí, enchufado como ella a la vida. Es su vínculo con el mundo. Cree sentir un alivio (tal vez ahora pueda descansar, aunque sea un rato), pero ya su inconsciente es dueño de sus actos y ha tomado una decisión.

Vuelve a la cama con los ojos todavía cerrados, apoya su cabeza en la almohada y, en un gesto lento, se quita la mascarilla. Ya no le hace falta (asegura su voz interior). Quizá siente que la observan en la penumbra (¡cómo lo extraña!) y una leve sonrisa se dibuja en su rostro, mientras se sume en un trance profundo con una placidez que hace tiempo no la invadía. Afuera la noche se rinde y una tenue luz rosa comienza a filtrarse por la ventana. La máquina sigue exhalando aire inútilmente, mientras el azul se apodera de sus mejillas.

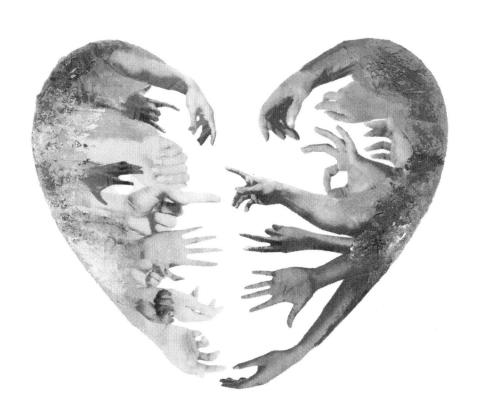

Nació en Buenos Aires y en su adolescencia emigró a Caracas con su familia. Reside en Miami desde 2009. Publicaciones: *Dos ramas, dos destinos* (O.T editores, 2021) —International Latino Book Awards, 2022—. *Two Branches, Two Destinies* (O.T editores, 2022). *Fugaz, cuentos y relatos breves* (Ediciones Aguamiel, 2023). Antologías: *Vacaciones sin hotel. Antología de autores del Sur de la Florida* (Ediciones Aguamiel, 2021), —Florida Book Awards 2021—. *Cuentos con Sabor Hispano* (La Nota Latina, 2022). *Con la urgencia del instante. Antología de microrrelatos en español* (Ars Communis, 2023). Finalista de Cuentomanía (2020). Participó en el Proyecto: *Survivors of the Shoah Visual History Foundation*, fundado por Steven Spielberg en 1994.

IG: @starostaclaudia

Despedida

Cuando pienso en mi papá me viene la imagen de su última mirada tierna y diáfana en el hospital. Claramente esa fue la despedida. Permanecimos conectados por unos segundos eternos, sentí sus ojos sobre los míos como diciendo: "Ya no puedo, hasta aquí llegué. Me voy tranquilo. Creo haber cumplido bien mi tarea de padre. Ahora seguí sin mí…"

***

Escribo estas líneas y, aún hoy, que ya pasó un año de su muerte, siento que su desaparición física no es real. Y sin embargo la asumí en su entierro y diez meses más tarde, ante su lápida.

Estábamos unidos por esa sensación de comunicación que sucede cuando te miran a los ojos y percibes que te hablan. Él sabía que estaba parada allí, a pesar de estar totalmente forrada con ese traje de papel azul, tapabocas, gorro y guantes que nos obligaban a usar en la terapia intensiva.

Él quería seguir viviendo, se aferraba a cada instante de esperanza, que al rato se desvanecía con otra complicación médica que nuevamente lograban resolver. Llegó un momento en que noté que su mirada ya no me pertenecía, se había desviado hacia los ojos azules transparentes de mi mamá. En ese instante fue cuando percibí que ella también estaba a mi lado y opté por retirarme, dejándolos en la intimidad de sus miradas, que serían las últimas luego de sesenta y dos años de amor.

Desde la puerta me quedé observándolos mientras que en mi mente resonaban esas preguntas cotidianas que él solía hacer: "¿Dónde estás?... ¿Qué hacen?... ¿Cómo están los chicos?... Quedáte tranquila…"

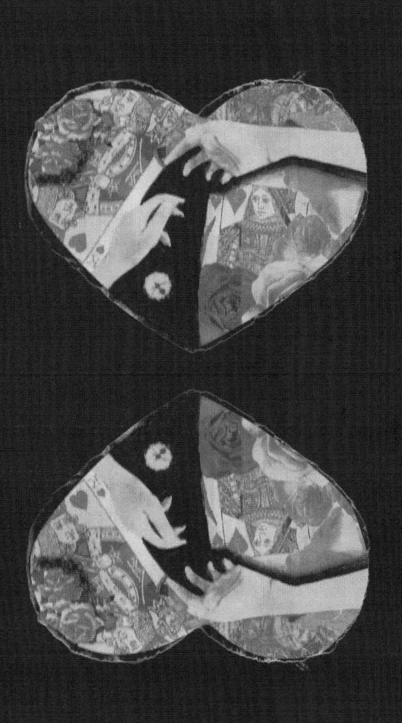

[Diana Rodríguez]

Nació en Costa Rica. Vive en Miami con su esposo y sus tres hijos. A sus cincuenta años descubrió su voz y decidió expresarse a través de la escritura en español. En 2019 publicó el poemario "El eco de mi voz", y un año más tarde, ganó el Premio del Público en el prestigioso concurso "Cuentomanía". Participó con su cuento "La colección de uñas" en *Vacaciones sin hotel. Antología de escritores del Sur de la Florida*, editado por Hernán Vera Álvarez bajo el sello Ediciones Aguamiel, 2021 (Florida Book Awards, 2021). En 2022 ganó el primer lugar en el concurso "Cuéntale un cuento a La Nota Latina", con "Cajeta de leche". En 2023 participa en la antología de microrrelatos "Con la urgencia del instante", editado por Luis Alejandro Ordóñez bajo el sello Ars Communis, con el cuento "El reflejo".

IG: @diana_rodcr

Agripina

Se acercaba el momento de dar a luz y la india lo sabía. La criatura se movía sin descanso en su vientre, y una línea negra bajaba de su ombligo hasta perderse en la espesura de su pubis. Daba la impresión de cargar un melón debajo del vestido. Le costó acostumbrarse a la idea, a su edad creía que su vientre estaba seco. Sus hijos mayores se marcharon a diferentes pueblos y ella vivía sola a la orilla del río Tempisque. Se ganaba la vida lavando ropa ajena y no carecía de nada. Cuando su cuerpo burbujeaba de deseo, bajaba al pueblo en busca de alivio. Era costumbre de su madre y de su abuela, para ellas era preferible llenarse de hijos sin padre que perder la libertad o morir apaleadas.

La mujer caminó con dificultad por el patio, recogió hierbas medicinales y los huevos que habían puesto las gallinas, dio de comer a los chanchos, persiguió a una de las aves y, cuando le dio alcance, le retorció el pescuezo hasta que dejó de moverse. Entró a la cocina, que estaba fuera de la choza y prendió el fogón. En una olla metió el pollo recién desplumado con las cebollas, ajo, culantro, y la colocó sobre el fuego. Se puso una tinaja sobre la cabeza y bajó al río a recoger agua. Si se presentaba el parto necesitaría más. En el camino hacia la choza sintió un dolor agudo recorrerle la espalda. Su hija tenía prisa. Sí, era niña. Lo sabía, porque la pequeña se le apareció en sueños.

En el medio de la cocina, el tronco que servía para sostener el techo, colgar los racimos de bananos y las trenzas de ajos, se convertiría en el eje central para traer al mundo a una nueva vida. Agripina puso unos petates en el piso de tierra, y colocó una canasta con sábanas limpias, los instrumentos que iba a necesitar cuando llegara el momento: un cuchillo, un barril de chicha de yuca y un guacal donde ponía las hierbas medicinales que masticaba hasta que quedaba una mezcla bien pastosa.

Cuando todo estuvo listo, se quitó la ropa y contempló su vientre contraerse cada vez más seguido. Aprovechaba el descanso entre contracciones para lavarse el cuerpo con un paño. Se trenzó el pelo azabache que le caía hasta la cintura, su herencia Chorotega, y se frotó manteca de cacao y hierbas aromáticas entre las piernas como le enseñó su madre. Luego se vistió con una bata vieja. Por las rendijas de los tablones de la cocina se colaban los rayos del sol y flotaban en el aire partículas de polvo, haciéndola sentir que estaba bajo el agua.

Sus ojos rasgados, la tersura de su piel morena, la firmeza de sus piernas y los brazos torneados la hacían lucir más joven de lo que era. En realidad, se sentía cansada y aunque no era la primera vez que paría, ese día nadie la iba a ayudar. No tuvo tiempo de bajar al pueblo, ni avisar a la comadrona. Tomó un poco de chicha y el líquido le quemó la garganta y le humedeció los ojos. De pronto se oscureció la tarde y empezó a llover, un buen augurio, pensó. Un río de agua caliente salió de entre sus piernas. La creación se unía en esa choza, donde una mujer se preparaba para ser madre, así como lo hicieron sus antepasados y todas las mujeres desde el principio de los tiempos.

El dolor se dibujaba en el rostro de Agripina y también el miedo. Se acuclilló para palpar su sexo y sintió como su cuerpo se abría, preparando el camino. Varias horas después la mujer se aferraba al poste de la cocina. Afuera todavía llovía y la luz del atardecer se apagaba. Como pudo puso más leña al fuego y sorbió un poco del caldo de gallina. Luego, encendió las canfineras para no quedar a oscuras.

Cuando el peso de la noche cayó sobre ella, recordó la promesa de su madre: sus antepasados y los dioses acompañaban a todas las mujeres en el parto. Ella solo debía buscarlos en su interior y sumergirse en el río de los sueños. La mujer cerró los ojos y llamó a su hija, utilizando las palabras sagradas: naji… numu, pero el dolor era intolerable, distinto.

Gritó a los dioses para que no la abandonaran. La lluvia se tragó sus palabras y sus fuerzas. Necesitaba más licor y manteca, que mezcló con las hierbas curativas para que purificaran su sangre y le dieran energías. Se untó la grasa entre las piernas y el brazo derecho hasta el codo. Se acuclillo de nuevo y sosteniéndose del tronco, metió la mano dentro de su ser, donde encontró los pies de la niña y, ciega de dolor, le dio la vuelta a la criatura hasta que la cabeza cayó en su lugar.

Agripina pujó con todas sus fuerzas y recibió a su hija en las manos. Tuvo que succionar la nariz y la boca de la bebé con sus propios labios. Cortó el cordón que las unía y la frotó con hierbas. La envolvió en una manta y colocándola contra su pecho, la llamó hacia la vida.

Dos días después las encontraron abrazadas, en un charco de sangre. Ninguna de las dos quiso vivir sin la otra.

[Emilia Anguita]

Nació en Santiago de Chile y vive en Miami, después de residir en Venezuela. Inició su carrera como directora, productora y guionista, recibiendo premios por sus cortometrajes. La elaboración de guiones la fue llevando a la narración literaria. Sus cuentos han sido incluidos en las antologías *33 Relatos Hispanos*, 2020; *Vacaciones sin hotel*, 2021; *Cuentos con sabor hispano*, 2022; y en 2023 *Cuentos que suman (*La Nota Latina), *Con la urgencia del instante* (Ars Communis), y *Detrás de las montañas, antología de cuentos chilenos*, (Palabra Herida). Emilia tiene una maestría en guión cinematográfico de la Universidad de Miami.

IG: @emiliaanguita

Imaginario

Soy el hijo imaginario de un padre que no tuvo hijos. No tengo una edad precisa y mis rasgos son etéreos. Soy el fruto hipotético de innumerables orgasmos en camas distintas, del semen eyaculado en vientres dispersos. A veces soy la llegada a término de un embarazo interrumpido, el producto de la paciencia, o la consecuencia posible de un amor roto por la distancia, por la ambición, por la impaciencia.

Estoy hecho de un sin número de opciones, y en la mente de mi padre, soy compañía silenciosa. Estoy a su lado mientras calienta el agua para el café, mientras sostiene el control remoto y pasa los canales, o cuando se toma una cerveza, sentado en una silla del patio en una noche sola, mirando las estrellas.

Ya no soy tan joven, y él tampoco lo es. Estoy un poco excedido de peso; mi carne inmaterial es blanda, algo fofa. No sobresalgo en los deportes, no tengo aficiones, no tengo vida. En eso nos parecemos, él tampoco tiene vida. Se unta espuma de afeitar frente al espejo, el agua corre en el lavatorio y él la deja correr. Examina la calva incipiente, los pelos de la nariz, las bolsas hinchadas bajo los ojos. A veces tengo la sensación de que puede verme en el reflejo, parado detrás de él, quizá más alto, delgado y de buena pinta, con una sonrisa de éxito y el pelo peinado hacia atrás. Desliza la rasuradora por la piel y distingo un gesto cargado de sentimiento, ¿el comienzo de una sonrisa? A lo mejor me ve rodeado de pequeñuelos, con dos niñitas de pelo ensortijado, ruidosas y juguetonas. Entonces menea la cabeza, enjuaga la hojilla, la golpea contra el lavabo y la deja secando.

Sus pasos se han vuelto lentos, arrastrados. Ya no tiene amantes. Pasa infinitas horas en perpetua tortura, sentado frente a un computador personal. Usa lentes cada vez más gruesos y encorva la espalda para ver de cerca, tecleando con agilidad asombrosa. La luz de la pantalla lo rodea de una atmósfera azul, irreal. Muy poca gente lo visita. Cuando suena el timbre es para anunciar al despachador de comida por encargo o al correo que trae paquetes. Libros. En vez de hijos, tiene libros. No tiene perro, no tiene gatos, no tiene nietos, tiene libros. Escribe y lee.

A veces me quedo dormido viéndolo trabajar. Su departamento parece desesperadamente chico y atiborrado de enseres: en una esquina, el escritorio lleno de papeles y la silla de oficina, entre rumas de carpetas y torres de textos. Al lado opuesto, el mueble de la tele frente al sillón de tres puestos, con cojines hundidos y tapiz en tonos café. Me tiendo en el sillón a todo lo largo y cruzo los brazos al frente, como si me abrazara una madre imaginaria. Así paso el día. Un hijo imaginario no tiene grandes compromisos; tampoco causa preocupaciones ni desvelos.

Dentro de unos años mi padre no va a existir. Tanto teclear, tanto libro... ¿harán que alguien lo recuerde? Yo ya no estaré para hacerlo. ¿Qué será de nosotros, cuando en cenizas lo convierta la muerte?

[Slavkina Zupcic]

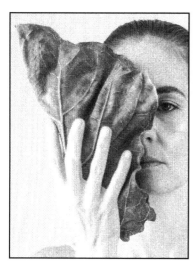

(**Venezuela, 1975**) Es arquitecta, fotógrafa y escritora. Su obra como artista visual fusiona la imagen poética y la revelación de las emociones a través de la palabra. Su narrativa, no obstante, invita a descubrir el mundo onírico que la autora ha venido construyendo en su trabajo más reciente. Su mirada límpida y sensible abre camino detrás del umbral de la piel, una atmósfera propicia para que el espectador descubra el silencio de la belleza de su propuesta. Su mayor influencia es el legado de los orígenes croatas que la preceden, reflejado en el enfoque cuerpo-memoria del trabajo que realiza actualmente en su libro. Reside en la ciudad de Miami.

IG: @slavzupcic

Blueberry Feel

"But love, sooner or later, forces us out of time… of all that we feel and do, all the virtues and all the sins, love alone crowds us at last over the edge of the world. For love is always more than a strange here… it is in the world, but is not altogether of it. It is of eternity. It takes us there when it most holds us here."

—Wendell Berry

Regreso al sonido de los vagones en la estación de tren. Me acerco a la taquilla, compro dos boletos. El taquillero observa mi aspecto con curiosidad y pregunta si viajo sola, indica el pórtico de salida haciendo énfasis en que me apresure. Sobre el andén, una cubierta de polvo se eleva disimulando los matices de la puesta del sol. El horizonte luce lejano a través de la bruma. Una pareja de jóvenes revisa el mapa local, los dos visten de color azul pálido. La chica indica con su dedo el lugar a donde se dirigen, él la mira, ajeno al entramado urbano que estudian y toca su cabello con ternura.

A un lado de ellos, el auricular del teléfono público está descolgado. Alguien debió dejarlo así al recibir una noticia inesperada. Los espacios se separan en dos, siempre por una puerta. Los vestigios de las telas quedan atrapados en una de las habitaciones y los colores palidecen en la otra. Los roles se reparten en días sobrios de bienestar. El que viaja queda sorprendido por el hallazgo de lo nuevo, el que se queda, se hunde en la estela pasajera del recuerdo, del beso no dado, del corazón latiendo. El sonido de la puerta al cerrarse aniquila el esfuerzo de superar el escalofrío que brota de la herida abierta.

Intento desmenuzar la mañana y no puedo.

Soñé que viajaba lejos, pero cuando despierto, continúo envuelta en las sábanas. El reloj colgado de la pared disimula su franqueza. Un hilo de luz se intercala por el borde de la ventana y dibuja un cuadrado en la pared de la habitación. Siento que entro en él. Al pasar el umbral del agujero, los latidos de mi corazón reclaman:

¿A dónde se ha ido el viento que rozaba mi cabello?

Del otro lado del umbral, todo es diferente. Vacilo ante la idea de salir corriendo hacia tí pero las flores me atajan, me invitan a dejarme caer, sin prisa. En medio de la inmovilidad de estar aquí, tendida, quiero que me encuentres. Giro sobre mi cuerpo buscando el inicio de este amor, pero no lo consigo. Se ha quedado inmerso debajo de la piel, adentro, muy adentro.

La naturaleza alza su voz. Un instante se convierte en agua y las gotas se deslizan por mi cara. Me dejo guiar por los destellos que cuelgan de los árboles que observan atentos. Las ramas se balancean, algunas se quiebran y cuando descienden, se convierten en vapor. Un vapor pintado de púrpura.

Intento tejer un recuerdo y no puedo.

Las ideas se embellecen cuando nadan entre las manos. Cada recuerdo me lleva a una cara distinta, algunas de mirada inexpresiva, otras sonríen mientras abren paso al rastro de las líneas que me han traído hasta aquí. En el intento de nombrar el cielo que compartimos, pienso en cuánto tiempo ha pasado desde que las rocas se movieron y la tierra se abrió.

todavía te quiero

la neblina se disipa
cuando tu luz me enciende

piel enraizada, coloreada, humeante

era de noche cuando la brisa sopló
bajo el azul luna

[Pablo Erminy]

Nace en septiembre de 1977 en Caracas, al mismo momento en el que el escritor paranoico, Philip K. Dick, revelaba en la Convención de Ciencia Ficción del Metz en Francia la escalofriante realidad de que la totalidad de los seres humanos dormían sin saberlo en el interior de una simulación computarizada. A los 18 años, y con sus estudios incompletos, decide abandonar a su mentor Joaquín; un asesino en serie que vivía en las sombras de la facultad de Filosofía y Letras. Inspirado en las enseñanzas de Castañeda y Lynch, funda una secta secreta en la Facultad de Cine y Comunicación del Miami International University of Arts and Design (BFA. Clase del 2000). Escritor perverso y productor de madrugada, actualmente publica la columna #DelirioLit en Suburbano.net

Su obra ha sido incluida en la antología de cuentos especulativos *Lo Sintético* de la Editorial Elektrik Generation (2019). Miembro del *Hyper Elephant Super Star*, Pablo Erminy vagabundea coleccionando ideas y seduciendo a *storytellers*. Esconde en la tinta impresa los residuos de saliva y pólvora de quienes habitan en las ciudadelas subterráneas, para usarlas como molotov en los ojos que siguen estas líneas.

IG: @Pablo Erminy

La luz debajo

«Allá adelante, en los días que se nos vienen, las personas serán sepultadas con vida dentro de otras. Y serán como "matryoshkas" errantes. Y bajo los cometas que transitan furiosos allá arriba, quienes realmente amen, podrán casarse con los muertos.»

—Las profecías de Wilson Aleister Lucas, el Hombre del Saco.

En el pasado, las personas no se iban a vivir dentro de otras como hoy lo hacen. Antes, las personas cuando morían se iban para siempre. Eso ya no sucede.

Desde la entrada del cementerio se veía cómo las naves empujaban el polvo de la tierra hacia arriba, justo antes de aterrizar; decenas de ellas, una tras otra, aglomerándose a lo lejos. Hermosas estructuras mecánicas que viraban y se abrían invertidas, bramando un aliento a diésel, vaporando desde los bordes y formando ciclones entre los árboles. Inmensas, así venían bajando, igual que ataúdes gigantescos, dejándose caer como plumas que se incendiaban desde las nubes.

Cerré los ojos para concentrarme en sus manos. Las acerqué a mi rostro. Sí, eran sus palmas, o el calor de esos navíos levitando sobre el valle, me daba igual. No debía abrirlos todavía. Aprendí tarde que cuando abres los ojos, aquellos que amas, desaparecen. "Ven, entra conmigo". Tomé sus manos entre las mías. Las acerqué a mi boca y las besé. Abrí mis ojos y caminé por una reja de bronce. Quien me tocaba, quien me acompañaba, había fallecido algún tiempo atrás, pero no era el primero o la primera que guardaba en mi insondable-abismal; en mi profundo.

Cuando la invención se hizo noticia, las primeras siembras de personas fueron imprecisas, defectuosas. Aun se recuerda al niño que revivieron junto a la costa, ése a quien luego mantuvieron encerrado. A la madre desconectada de la pared, luchando por respirar, sola en el sexto piso de un hospital, al amante que se frotaba las manos en el pantalón y se ponía de puntillas para ver encima de los paraguas. A los que dormían en el sótano y a esos que vivían en los vagones. A aquella niña con pocas semanas de vida, todos ellos y tantos otros que se registraron en una lista para transferirse sin tener idea de lo que iba a suceder. La gente esperó encerrada en sus casas. Esperaron a que se les llamara. Nadie quiso salir y correr el riesgo. Cuando esto empezó, nadie quería morir. No realmente.

El horror se descubrió tarde. Se hablaba de los túneles sin fin, atorados hasta el techo con las carcasas de seres deformes que se arrojaban al subconsciente. Sus luces se asumían guardadas y a salvo en quienes esperaban en los pisos de arriba. Durante el cruce, la mayoría, sin saberlo, se reescribía encima de aquellos que tenían tiempo sin recordarse. Nadie se percató del problema. Lo que quedaba por dentro eran residuos de seres deformes que se arrojaban al subconsciente. Como alguien que se escucha llorando en una radio mal sintonizada, la voz trémula perdiéndose en el ruido desde una sala que tiene los muebles cubiertos. Por eso, los filósofos de antes argumentaban que solo en ese lugar de escombros, donde se forman las pesadillas, es posible reencontrarnos con nuestros difuntos amados.

Los pocos que consiguieron esconderse en los recuerdos ajenos, en esos donde jamás estuvieron presentes, de los que nunca formaron parte, fueron más afortunados. Seres astutos. Esos quedaron intactos, haciendo vida nueva. Quizá es por eso, que a veces, desconocidos se mueven entre la multitud cuando descendemos a la memoria.

Hoy, la siembra es más precisa, más compasiva. Las máquinas antiguas no dirigen esa transmisión. Los invitados se forman con las palmas emitiendo hacia el frente en un acto "mnemosínico" y "psicoespiritual". Si pudiera compararlo con algo, sería con los vagabundos que se ven en el reflejo, o se ven caminando a contraluz cuando visitamos los sueños de otro.

Hubo alguien a quien quise mucho. No recuerdo su nombre, solo lo siento. Es por el aroma de este jardín, las flores en el agua empozada, su hedor a velorio; el olor de las turbinas a lo lejos, el flequillo azul cubriéndole la mirada, su figura diminuta, el perfume en su cuello, ambos sobre una pista de aterrizaje que, de nuevo, se disolvía enfrente de mí.

Atrás se veía la gente ya entrando por las rejas del cementerio. Vestidas de negro y rojo, uniformadas como banderas en fila. ¿Sabes a quién trato de recordar? Cerré mis ojos. ¿Sabes a quién quiero recordar? "Es difícil", "también me cuesta recordar quién pudo haber sido", le escuché decirme desde adentro.

¿Podría ser papá? A mi padre lo sembraron en mí y luego fue su funeral. Estuvo conmigo durante su cremación. La vimos juntos, pero papá viene en pulsaciones y las conversaciones son breves. Mamá no podía ser. Cuando mamá falleció, su siembra fue complicada, como en partes. Los diseñadores insistieron en que nunca hubo una siembra limpia, completa, y por eso, mi relación con ella solo podía suceder en mi imaginación. Quienes no eran transferidos, existían solo como en manchas, o copias borrosas, labradas en la remembranza.

Desde allí escucho su voz en ecos. Suaves, tímidos ecos, como si vinieran por el fondo del pasillo. Cada vez menos. Una vez me dijeron que los ecos de mamá podían usarse como semillas. Pero debían sembrarse pronto. ¿Sembrarse cómo?, ¿sembrarse en dónde?

Esas flores eran sus favoritas… esas flores que conducen al árbol amarillo… Cerré los ojos para escuchar su respuesta. "Ese árbol solo aparece en los sueños porque a esos árboles los siembran en el sol". Quizás lo más saludable es terminar de borrar la diferencia entre lo que es real y lo que solo sucede en mi imaginación. Solo así podré tenerla con vida en mí.

¿Quién es entonces?, el que abría los regalos despedazando el forro de las cajas, frotándose las manos en las rodillas, ése con quien robé la primera vez, ¿o fue la que murió sola en el hospital?

¿La única que amé?, ¿sus trenzas turquesas?, ¿abrazados sobre una pista, rodeados de paraguas?

Continué bordeando el camino de árboles. Atrás me seguían sin prisa por la hilera de tumbas. Adelante se daría la ceremonia.

Allí, en las rocas sobre el acantilado, en donde las personas juraban amarse para siempre, habían colocado un prendedor índigo azulino.

Una vez conocí a alguien con el cabello azul. Por instantes rebotan imágenes de su cuerpo. Liviano, transparente. Sus manos calinosas, pequeñas. Sufrías. Sufrías mucho. Te disparaste en la boca y caíste al asfalto. Tu cuerpo se disparó a la boca y cayó al asfalto. Lo hizo tan pronto te metiste en mí.

¿Es a ti con quien me vengo a reencontrar?

¿Por qué los cuerpos reaccionan así al quedar vacíos? Permanecen aterrorizados. ¿Por qué actúan de esa manera si ahí, dentro de ellos, luego de transferir la luz, ya no queda nada?

¿A cuántos sembrados tengo dentro de mí?

Hay un peligro con estas personas indistintas que habitan en tu memoria. Si esos recuerdos se desvanecen, por enfermedad o por descuido, esos habitantes, esas luces se desvanecen con ellos. Pero, aunque ya no los recuerdes, sí quedarán sus marcas y así se sentirán: tallados en el espacio como siluetas gruesas, como amontonados en el vientre de un barco sepultado en lo hondo, hinchado de sombras que flotan bajo la cubierta. A este lo llaman el lado infausto de la siembra. Cadáveres de una vida distante, a la deriva, nadando descompuestos dentro de ti. "No debes olvidar, nunca, si no deseas ser un sepulcro ambulante".

Atrás, los navíos ondulaban diminutos envueltos en el atardecer. Los invitados, más cerca, llevaban racimos en las manos. Diferentes ramos de flores. Cerré mis ojos y esa estructura de piedra sobre el abismo, macizo en el otro lado, en éste, ahora, era de cristal y luz.

Con los párpados apretados, quien me acompañaba parecía no estar más. Se acercaba una figura vestida como de mosaicos traslúcidos, con piezas arrancadas de las ventanas de una iglesia, o como esos espectros de fósforo que destellan el vértice de los espejos, o como la luz de las burbujas, que aparecen en la playa entre las varas jabonosas de un anciano, a la puesta del sol, para que sean perseguidas por los niños con el deseo de hacerlas pedazos.

Atravesaba el jardín. En el mundo de los ojos abiertos se preparaban los que bajaron de las naves en clásico atavío fúnebre, vistiendo el cardenal y el oscuro. Allí no había nada caminándolas. Por eso no me atrevía a abrir los ojos. No quería que desapareciera. Venía a mí. Cada vez más cerca, su piel chorreando colores, su mirada como dos candiles, sonriéndome y mostrándome el cosmos de su boca. Permanecí inmóvil dándole la espalda a los invitados, pero a ninguno de ellos le importó verme solo. Sabían lo que pasaba. Sabían lo que estaban viendo. Adentro éramos la umbría y el hálito que se encontraban entre el crepúsculo de los dos lados. Y habíamos decidido hilar nuestras vidas a una sola.

Puede que ya no sea importante, pero no quiero dejarte ir. No a ti. Quien quiera que seas, seas tú o sea yo, la voz trémula que escuchas ahora entre estas líneas que lees, no puedo dejar que te deteriores en el tiempo. Que quedes irreconocible. Que te sumes a las sombras encerradas en el sótano de esta historia.

Entonces recordé quién eras, y para qué yo había venido a este lugar.

Y sé que, si llegase a abrir los ojos, en ese lado retornaría al funeral, donde las flores eran arrojadas para cubrir a la novia que yacía debajo, dentro de una caja blanca, enterrada entre una multitud de lápidas.

De este lado podré amarla para siempre.

Cuando finalmente el resplandor me alcanzó, había aprendido a llorar con los ojos cerrados.

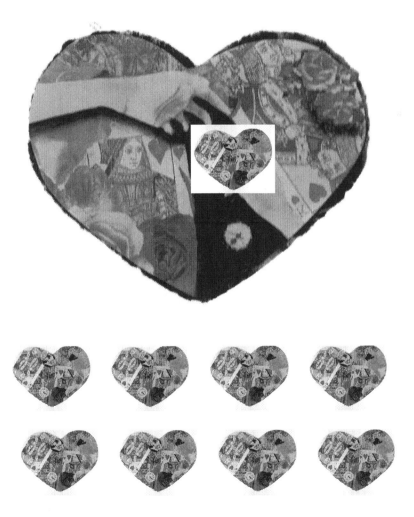

[Liana Fornier De Serres]

Nace en Uruguay. Pianista, escritora y lectora incansable. En este año, 2023, es aceptada como autora en la editorial Costa Rica que publicará el año entrante sus tres libros infantiles: *Brujiponcia*, *Una extraña desaparición* y *Arturo en el país de los fantasmas*. Ha sido premiada en la Academia Norteamericana de la Lengua Española en el año 2019, y en el certamen International Latino Book Awards en los años 2020 y 2021, ambos en Estados Unidos. Fue finalista con diploma de honor en el año 2019 en el certamen de la Fundación Gabriel García Márquez. Publicada en diversas revistas literarias. Colaboró con el periódico La Nación de Costa Rica. En los últimos años ha finalizado en Cursiva, de la editorial Penguin Random House, los estudios de edición como también en Cálamo y Cran, Barcelona, España.

IG: @fornierdeserres

La llave

El sol salpicaba las calles angostas y adoquinadas de la ciudad colonial, llevándola a otra época y al deseo de perderse por laberintos, como en los libros que le gustaba leer. Recordó el último, de Washington Irving: "Cuentos de la Alhambra", lleno de leyendas, fuentes encantadas y misteriosos sarcófagos. Con paso ágil, su alta y delgada silueta comenzó a bajar la cuesta que la llevaría a su aventura.

El día anterior había llegado con su grupo y el rumor típico de los estudiantes. Liderados por una profesora de Historia Antigua, visitarían los sitios prehistóricos de la ciudad después de recorrer algunos puntos turísticos. Ella no estuvo de acuerdo con ese orden, primero ansiaba ver y "palpar" la ciudad de la época colonial. Sin comunicarlo, se separó de sus compañeros y decidió explorar sola.

Sacudió el cabello negro y reluciente y con las manos en alto lo amarró en una cola de caballo. Sus oídos comenzaron a llenarse de las voces de los vendedores ambulantes que, en frenética competencia, coreaban sus mercancías sobre las aceras en un idioma extraño y pintoresco. Eso la hizo sonreír. Sobre un tapete, al que el tiempo había robado la brillantez de los colores, sus ojos fueron atrapados por hermosos tejidos, hilados como telarañas. Tomó uno blanco para sentir su contacto, y se imaginó vestida con ése, en el mismo color. Siguió la fila de mercancías. Finos vasos de cristal —según la pancarta— y velas de muchos tamaños y colores, fundían su aroma junto al incienso. Al aspirarlo, ella se sintió flotar en algún espacio desconocido.

Siguió su marcha y se detuvo delante de carteras de la misma marca que usaba su madre, seleccionó una y la abrió. Constató que las terminaciones, costuras y los forros de seda, eran una imitación perfecta. La vendedora, envuelta en coloridos ropajes y un turbante negro en la cabeza, le exigió, en un áspero inglés, la compra de la que ella tenía en sus manos. La joven ignoró el pedido, por no entenderlo, y siguió en sus observaciones hasta que, el puño amenazante de la vendedora frente a su cara, le hizo darse cuenta de la situación. Tiró la cartera y comenzó a correr sin saber adónde, solo con esa sensación de peligro que apuraba su marcha. La mujer la siguió mientras escupía palabras desconocidas para ella, y mientras otros vendedores, atraídos por los gritos, se unían a la persecución. Sus acelerados pasos le golpeaban el pecho y le robaban el aire necesario, al mismo tiempo en que se recriminaba al recordar la recomendación de la profesora: "No se separen del grupo y nunca corran, si tienen un problema, aléjense despacio". Era tarde para el arrepentimiento, debía encontrar un sitio donde esconderse. En su carrera, empujaba a la gente que le cerraba el paso hasta que, al doblar en una esquina, encontró una tienda atestada de personas y entró en ella. Escondida detrás de una pancarta, recuperó poco a poco el aliento. Al constatar que no aparecía ninguno de sus perseguidores en el local, dejó su escondite y encontró una salida en la parte trasera del lugar, por donde escapó.

Dio una ojeada a su alrededor, todo estaba en paz. Una plazoleta al fondo, con pocos transeúntes, llamó su atención y se dirigió a ella. Lejos de la gente, los vendedores y los gritos, una brisa tranquilizadora la envolvió. El piso, de lozas antiguas bien conservadas, le transmitía la serenidad de un tiempo que prevalecía, así como la fuente en medio de ella. Una figura femenina, de estilo griego, vaciaba su cántaro sobre la tranquila superficie del agua convirtiéndola en reflejos multicolores. Se acercó y sentada en el borde, dejó que su mirada se fundiera en esos reflejos. El sonido del agua se deslizaba sin prisa y le repetía que ya estaba a salvo. Cerró los ojos y quedó encerrada en una escena de la antigüedad, con muchachas que llenaban sus cántaros en medio de risas y frescas voces. Ya serena, los abrió. No reconoció el lugar. Paseó la mirada en el entorno vacío y se levantó rápido de su improvisado asiento; sus pensamientos la acicateaban: ¿Seguiría su aventura? ¿O volvería al hotel? El silencio la sobrecogió, el sonido del agua había cesado y el lugar estaba desierto. Comenzó a caminar por una calle que pensó la llevaría otra vez al bullicio, donde se podría orientar. A los lados, grandes árboles atajaban los rayos del sol y cuyas sombras parecían cercarla. La calle se fue estrechando hasta llegar al final, donde una casa a medio derruir le cerró el paso. La puerta, vieja, roída en su parte baja y color sangre seca, se descascaraba. En contraste, una cerradura brillante y cromada atrapó sus ojos mientras la llave, colgada de un pequeño aro, se mecía… Sí, debía ser una invitación a ser usada. ¿Tal vez la esperaban? ¿Quiénes? Su mirada se concentró en ella, hasta que el estremecimiento la llevó a recordar la sensación placentera de su niñez al escuchar cuentos de brujas y fantasmas; la exploración entre el miedo y el gozo; el ser torcida en su voluntad y disfrutar de ese placer.

Despacio, su mano se acercó a la llave. La puerta se abrió con suavidad, como si sus goznes estuvieran recién aceitados y al pasar, cerró con rapidez, sin estar segura de qué quería protegerse. Al silencio, se unió la penumbra y el olor a moho. Avanzó con cautela y su pie golpeó algo metálico. Inclinada para ver mejor notó que era una caja larga y profunda como un sarcófago y que refulgía en la oscuridad. Recordó otra vez el libro de Irving. Decidió atraerla y a pesar de su peso, insistió en abrirla.

No era fácil, un fuerte resorte rematado en una punzante daga antigua como las ilustradas en el libro, resistía sus esfuerzos. Volvió a intentarlo hasta que el puñal se liberó. Forzó la pesada tapa y pudo conseguir un pequeño espacio de donde subió un olor acre que inundó su nariz mientras las arcadas subían por su garganta. Instintivamente llevó sus manos a la boca para contenerlas y al soltar la tapa, ésta cayó con un trepidante sonido metálico que hizo vibrar la habitación.

Cuando el eco cesó, volvió su mirada hacia la caja cerrada y su libro llegó a su imaginación; allí debía estar el misterio de su aventura. Trató de olvidar el olor y de recordar el mecanismo del resorte hasta poder abrirla. La tapa se mantuvo alzada por un sencillo mecanismo, mientras ella, estática, miraba dentro. Con una túnica blanca hilada en delicado tejido como tela de araña, había una mujer, su cara inmóvil y gris recordaba la cera. A pesar de la profundidad de la caja, podía ver sus ojos en una expresión de terror, la boca abierta en un grito vacío y las manos cruzadas sobre el pecho. Una momia sin envoltorio pensó después de reponerse. Notó que la tela era la misma de los vendedores que había visto y, otra vez, le resultó fascinante.

No se pudo contener, se inclinó dentro para alcanzarla y sentir su tacto. La delicadeza del tejido le hizo imaginarlo sobre su cuerpo y se estremeció al sentir el deseo: quitárselo y vestirlo. Inclinó su cuerpo hasta alcanzar el de la momia, la tomó por sus hombros para desprender la túnica y en un movimiento como el de una muñeca a quien, en un solo golpe le quiebran el cuello, la cabeza de la momia se desplomó arrastrando el cabello negro y reluciente, amarrado en una cola de caballo. La daga del ávido resorte cayó y el sonido metálico escondió el grito. El silencio se apropió de la habitación. Fuera, en su aro, la llave nuevamente comenzó a mecerse.

Podcast

Algunos de los cuentos contenidos en esta antología están disponibles en el podcast **Historias de la tribu** en las voces de sus autores, a través de Spotify y otras plataformas de difusión.

Editado por Hernán Vera Álvarez, con producción de Pablo Erminy.

https://open.spotify.com/show/5cONzemK339IM3mWDoP0L7

Hernán Vera Álvarez

Hernán Vera Álvarez, a veces simplemente Vera (Buenos Aires, 1977). Es escritor, dibujante y editor. Realizó estudios de literatura en FIU (Florida International University) donde actualmente trabaja como profesor. Imparte talleres de escritura creativa en distintas instituciones, entre ellas, el Koubek Center del Miami Dade College. Dentro de su obra se destacan *La librería del mal salvaje* —Florida Book Awards—, *La vida enferma* y *Grand Nocturno*. Es editor de varias antologías, entre ellas, *Vacaciones sin hotel* —Florida Book Awards (2021)—, *Don't cry for me, América* (2020) —Latino International Book Awards—, *Escritorxs Salvajes* (2019) y *Viaje One Way* (2014). Muchos de sus textos han aparecido en The New York Times, The Hong Kong Review, Latin American Literature Today, El Nuevo Herald, Nueva York Poetry Review, La Nación y Clarín.

X: @HVeraAlvarez

[Narrativa Breve]

Otros títulos de Ediciones Aguamiel:

Era tan pequeño mi elefante
Un cuento. (2020)
Alicia Monsalve (Texto e ilustraciones)

Fugaz
Cuentos y relatos breves (2023)
Claudia Prengler Starosta

Inficciones
Relatos de escritoras en confinamiento
Alicia Monsalve, Editora (2020)
—International Latino Book Awards—
Participan: Patricia Carvallo, Leslie Lambarén, Nancy
Mejías, Alicia Monsalve, Cecilia Montaña, Lupe Montiel,
Ivón Osorio, Diana Pardo, Patricia Reyes, Pesia Stempel,
Itsia Vanegas.

Vacaciones sin hotel
Antología de autores del Sur de la Florida
Hernán Vera Álvarez, Editor (2021)
—Florida Book Awards—
Participan: Daniel Reschigna, Alicia Monsalve, Mila Ha-
jjar, Diana Rodríguez, Eduardo Rubin, Gastón Virkel,
Dalila López, Cecilia Montaña, Claudia Prengler Starosta,
Ivón Osorio Gallimore, Emilia Anguita, Patricia Carvallo,
Vanessa Arias Ruiz, Slavkina Zupcic, Liana Fornier De Se-
rres, Nancy Mejías, Norman Gimenez, Matilde Suescún,
Diana Pardo, Lissette Hernández, Pamela Bustíos, Pablo
Erminy, Nicole Duggan, Javier Lentino, Karina Matheus,
Mariluz Durazo.

Made in the USA
Middletown, DE
20 February 2024

49654972R00087